U0107674

胡玥 李宪辉 著

女记者与

大毒枭刘招华

面对面

中国青年出版社

目录

目录

自 序　解读刘招华

当刘招华说，他从桂林逃跑的时候，将自己的手机留给一直跟在他身边的第三个老婆李小月，是为了让李小月将警方的视线引开时，就像是有一个人将冰锥一般冷而锐利的刀子狠狠地插在了我的心口窝……我骇得连冷颤都来不及打。

李小月是他一双儿女的妈妈、他口口声声讲给我、也讲给审讯他的阿光听的他的"最爱"（刘招华形容他跟他的三个老婆的关系时曾说：大老婆是我最喜欢的；二老婆是我最疼的；三老婆是我最爱的……），而生死关头，刘招华却不惜将他的"最爱"往人性的最残酷里推啊！

我实在想不明白，一个人怎么可以做到这么坏？

刘招华这一世，三个老婆前前后后共给他生了四个小孩。除了最后这个小儿子跟在他身边久一点，有的小孩从出生他就没见过……他的大儿子今年应该高考了，而自打他第一次的冰毒事发至被抓获，他从未试图跟他的一脉相承着的另几个骨血见上一面！

刘招华该是怎样的一种冷血？

当我万分不理解地问他这么多年来，从来就没有想过见一见孩子们或是为自己的这些个儿女们有过一些什么设想没有？刘招华很不屑地说：有什么好见的，儿孙自有儿孙福……

我不知，当刘招华的儿女们有一天看到这本书，得知刘招华对于他们生命的态度会作何感想……

而在这漫漫长长的岁月中，我真得为刘招华的儿女们感到万分地悲伤。

刘招华到底是一个什么样的人？

我一直试图沿着一个人生命的脉络解读个清楚明白。

而实际上，没有人可以完全彻底地解读得懂另一个人！

主审刘招华的阿光和林妙，用四个形容词概括了他们眼中的刘招华这个人：狡猾、聪明、奸诈、残忍。

狡猾、聪明、奸诈，是我们好理解的。

而"残忍"是从何说起的呢？

刘招华手里并没有命案，他也不是打打杀杀的那一类，这评价是否有些重了？

而当我与刘招华面对面的时候，当我一层更深一层地对他进行采访时，我是理解了阿光所说的刘招华"残忍"这一层的含意了。

刘招华从来就没有认为他的制"冰"是一场罪恶！他的

刘招华在特审室接受采访

个人野心是要让他所制的冰毒占领全世界！他的残忍就在于他不是索取某一个个体的生命，而是荼毒整个世界却不心怀一分一厘的罪恶和可耻！这是人性的一种大恶啊！

刘招华男汉族
1965 年 3 月 5 日出生
福建省宁德福安人
身高 1.70 米体形较胖
右眉上方有一伤疤

200000元

罗有文男景颇族
1969 年 2 月 19 日出生
云南省陇川县王子树
乡人身高 1.70 米左右
椭圆脸形体态较胖
云南口音

50000元

通缉令上的照片

当我在静默里回想采访的那些个时日，回想刘招华这个人时，我不知我该怎样表达我的愤怒。

在此，在这本书里，我也惟有汲着一颗客观的心，以我最真实的笔触详尽地给读者讲述刘招华那多重、矛盾而又极其复杂的人性。

我想告诉还想行走在制毒贩毒道上的人，人类和世界是阳光而又向上的，它不会任人荼毒。

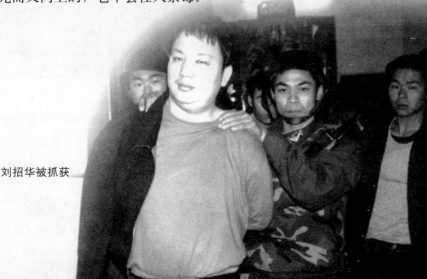

刘招华被抓获

导 读

1999年7月28日，云南省公安机关获悉境外大毒枭谭晓林准备向我国贩毒的线索后，公安机关遂立案侦查，代号"7·28"贩毒案。

"7·28"特大制贩毒案本是以侦查和打击缅甸谭晓林贩毒集团为主线的。然而，该案在侦查过程中，却牵出了刘招华制贩冰毒集团。

新闻发布会现场

1999年11月4日，广东省公安机关在广州市某仓库查获谭晓林贩毒集团由缅甸发往广东的第三批109千克海洛因时，同时查获了刘招华存放于仓库内的554箱、计11.08吨冰毒

（加上后来在其他地方查获的，共12.36吨冰毒），刘招华及其制贩毒集团骨干成员陈炳锡、张启生等闻讯后潜逃。此后，广东、福建、云南等省公安机关相继开展了长期艰辛的追捕工作。公安部禁毒局通过国际禁毒合作渠道向相关国家提出了协助请求。

2001年4月23日，缅甸警方向我国云南省公安机关移交了谭晓林；

2002年6月27日，泰国移民总局向我国广东省公安机关移交了张启生；

兑奖现场

2003年11月4日，泰国警方向我国广东省公安机关移交了陈炳锡。

2005年3月5日凌晨，福建警方经过精心部署，在福建省福安市街尾27号一举抓获公安部A级通缉犯——大毒枭刘招华。这一天，正是公安部在全国公开悬赏通缉刘招华的第

100天！

从"7·28"特大制贩毒案的立案到刘招华落网，侦查和追逃工作转战10余省，历时5年多，彻底摧毁了以谭晓林和刘招华、陈炳锡为首的特大跨境制贩毒集团，抓获犯罪嫌疑人30余名，缴获海洛因550千克、冰毒12.36吨，查获成套制毒设备共14车、房地产10余处、汽车10余辆以及毒资人民币、港币3606万元。"7·28"特大制贩毒案划上圆满句号！

该案创造了个案缴获晶体冰毒世界之最，个案查获制造冰毒设备、缴获毒资及捕获境内外毒枭全国第一。

此案的成功侦破，不仅是我国缉毒史上参战警种最多、投入警力最大和侦查战场最广的一次整体作战，同时也是我们在开拓毒品案件侦查思路和国际合作上的一次成功的探索和创新，更是我们同境内外毒品犯罪集团的一次成功较量。

"7·28"特大制贩毒案的侦破堪称是我国禁毒史上的一个经典之作！

《人民公安报》记者、女作家胡玥在第一时间飞赴福建、广东，循着刘招华制"冰"罪恶之旅的轨迹，一路探访，实地考察刘招华的各处制"冰"工厂、藏毒仓库；挖掘多年来与刘招华进行较量的侦查员们经历的惊心动魄的瞬间；与刘招华、他的亲人、他的同案犯们面对面长时间地访谈；独家向您讲述世界头号毒枭刘招华的生死谜途……

楔 子

夜里落了一场雨，地面上还残留着夜雨的湿气。我站在福建省看守所那扇大铁门外，感觉夜雨的湿气更厚了一层……

我是专门为采访大毒枭刘招华而来。在刘招华被抓获后的第五天，2005年3月10日，在北京召开的公安部公开悬赏通缉抓获大毒枭刘招华奖金兑现仪式的新闻发布会上，各大媒体的记者蜂拥着要求获得采访刘招华的权力和机会……那时我已知，我是被授权独家进入全程采访和报道的惟一一名记者！我的确该把这看做是我记者生涯中难得的一份幸运！

然而我心知，这一场幸运绝非是一场偶然的降临，因为我对刘招华这个"人物"用心关注已经很久了！

刘招华一次又一次地浮出"冰"面，又是怎样一次又一次地从"冰"面上滑脱不见的？

他在"冰"面背后的一场又一场的躲藏，实在是铺陈在我们视线之外无以为解的谜……

面对着通缉令上刘招华早年的照片：板寸的平头，国字脸，很有心机的一对浓眉，一双凝重得逼视着人的眼眸里，深藏着太多的令人捉摸不透……

我沉迷于对刘招华这个人物的各种假想里……

我一直想，倘若早年刘招华没有遇到那个神秘的台湾人，刘招华会否走上制"冰"之路？

倘若没有谭晓林这个人物的存在，刘招华是否能那么早地再一次浮出"冰"面？

刘招华的第二次浮出"冰"面、再次浮现在警方的视线里，是跟谭晓林有着直接的关系的。后来，刘招华生产的那满满一库房的冰毒正是警方跟踪谭晓林那辆运毒车的一场意外发现……

而这一场意外却足以令整个世界震惊！冰毒12.36吨！

据了解，1997年全世界共缴获冰毒11.5吨；1998年全世界共缴获冰毒12.2吨！由此可见，刘招华所制冰毒不仅是1998年全世界所缴获冰毒的总和，同时也创下了冰毒成品数量的世界之最！

而倘若推迟这场意外的发现，恐怕这满满的一仓库冰毒，也仅仅会成为刘招华"冰"山的一角！

谭晓林（左一)在法庭受审

但谭晓林至死都没有提过刘招华这个名字，更没有提到过是否与刘招华见过且相识。

谭晓林带走了留在我心中的一个谜……

大千世界，芸芸众生，人和人，会无缘无故地存在着瓜葛和牵连吗？

我一直坚定地以为，刘招华和谭晓林，他们是见过的，且彼此认识。

这一点，我一直想在刘招华被抓后，在我见到刘招华时，首先要向他加以求证的……

甚至，在许多个夜里，我常常做着同一个梦。我梦见刘招华小的时候，他的母亲穿着蓝底白花的那种衣衫领着他站在童年的海岸边，他执意要朝自己认定的一个方向走，他的母亲拽着他死活不让他走，而他使劲挣开他母亲的手永不回头地走了……

然后梦里的那个刘招华跟我说，以前不懂永不回头是什么意思，现在我知道，人不是自己愿意永不回头，而是永不能回头了！

这个常常在我的梦中现身的刘招华所说的，是否就是现实里的那个刘招华内心的真相？

另有一次，他隐在我的梦里，我看不清他的脸，但我知那是他的声音，他在向我进行一场仿佛很推心置腹的长谈，我在睡梦中一遍又一遍地嘱咐自己，一定要记住他所说的每一句话……

他说，

从前，我驻防的部队在一个岛上，几个人守着一个孤岛，几个孤零零的人很孤独，想来孤独其实是男人本性里的一种美德，男人在孤独里纯净而又自省。可是久陷在孤独里，人可能会变成疯子，因为深陷孤独里的人会不由自主地陷进妄想，就像一个贫穷到极致的人妄想着富贵的种种可能，一个孤独的人妄想最多的是突然在哪一天，整个社会都能认知你，所谓的出人头地吧！没有哪一个男人甘于平庸而不想出人头地……

而社会给一个人出人头地的机会太有限了，就像在演艺界里挣扎着的那些人都想在一夜之间就成为大明星，可是，能够成为耀眼的明星的又能有几个？

大千世界芸芸众生，蝇营狗苟地活着再狗苟蝇营地死去，这是大多数人的命运之途。像我们这一类的人总是心有一份不甘。

不愿意做大多数，又没有成功之门向我们敞开着，我们只有自己穿墙越壁闯出属于自己的一条路……

我一直以为，心若有所想，事必有暗合。

我从来没有为自己后来遇到那个台湾人而后悔过。因为，我们的一生，在什么样的时候和境地里，会遇到什么样的人，都是有定数的……

台湾人有钱，他乐于投资，我乐于重新开创一片新天地。我们是一拍即合的那种契合。每一个生意人都想把生意做大，而生意人最后的乐趣是金钱作为数字的累积，数字是这个世界上最无法封顶的，当数字成为一种无止境的刺激时，你便不会在乎那数字的累积是建立在何种生意的基础之上的了……

就像水果里含着大量的维生素，人的骨子里天生就含着冒险精神，所冒风险有多大，刺激就有多大。一个人和另一个人的一拍即合当然不是一天两天的事儿，就像我后来狂热地喜欢上了那些化学反应试验一样，人和人，其实也是一种化学反应，在社会这个巨大的化验室里，反应的链条更加无法理清，在精神领域里所生成的那些错综复杂的物质更是无从分析和把握，这个时候，反应一直在继续，我们在反应中一直在变，两个不同的物质，发生反应时，如果反应条件不同，那么生成的产物也是不同的，就像两个人，在不同的历史时期，和社会环境下，两个人相遇的结果肯定是不一样的，毛泽东时代，我跟台湾人相遇，肯定不会干这件事，因为根本不可能有这件事生成的反应条件……

台湾人其实更像一种诱导剂，诱发了我身上巨大的潜能……

台湾人迷恋的是赚钱，我跟台湾人不同，我更迷恋于这个产物的创造过程……

小的时候，在海边，看着海水在阳光的晒照中，结成晶莹的颗粒，像水晶一样晶莹剔透……我弄不懂海水为什么就变成了白色的好看的粒子，有很长一段时间，我常常一个人站在海边上想搞明白由水变成颗粒的那个过程……

我想我后来之所以热衷于研究美国的药典，并把那些药典里的反应式加以改进使之生成我想要的东西，不能不说是儿时的一些谜以及梦想的一种继续……

当我醒来的时候，我竟清晰地看见这些话就像黑纸白字，刻在了梦的纸页间。而我不知什么时候才能抓到刘招华，所以我把这些文字写进了那时我正在创作的一部小说《大毒枭》里……

在那部小说的结尾，我借叫林生的那个大毒枭对另一个大毒枭阿明之假想，表达了我对刘招华命运的最后之假想——

"而阿明在哪里呢？

阿明一定在惊飞中，可是，于阿明来讲，这个世界上的任何一棵树一个树枝都充满着不安全，以我的心度阿明的心，他可能选择离老家最近的树窝躲着藏着，因为他很可能以为最危险的地方最安全！可是，我相信在阿明的头上有一个天网，所以阿明躲到哪里也是无济的……"

我的意愿里，文中虚构的阿明原型应是刘招华。

我写这段文字的时间恰是2005年春节过后，现在我已知，它们竟然跟刘招华最后的真实的命运是一种事实上的吻合！

而更为机巧的是，林生的原型就是在他40岁生日的日子被抓的。当我写完那部小说的时候，我对照着刘招华的那个通缉令跟我先生说，刘招华今年刚好40岁，40岁，会不会也是刘招华的最终的宿命？通缉令上显示的刘招华的生日是1965年3月5日，倘若刘招华正好是在他40岁生日的这一天被抓，那可就真成为罕见的人生命运之奇迹！

当我在第一时间得知刘招华竟真的是在3月5日的凌晨被抓时，我对"上苍"、"命运"和"冥冥之中"这些字眼一下子心存了敬畏！

我一遍又一遍地追问抓捕刘招华的现场指挥福建省禁毒总队总队长傅是杰：你们是不是故意选择刘招华生日的这一天动手？3月5日是警方抓捕的一场刻意吧？

傅是杰笑言，抓捕刘招华，哪里会有你说的那样一份从容、放松和坦然！抓捕前的那些日子，大家都没有日子的概念了，而是分分秒秒的一种计较，动手的时间定早了怕惊了刘招华：因为没有人面见过住进街尾27号的可疑男子，所以也就无从确切地判断屋里的人是不是刘招华！倘若屋里的可疑男人只是刘招华给警方布下的一个饵呢？他制造了一场假象，找两个人装扮成他和他的马仔住进那房子，而他秘密地住进了另一处，倘若动手冲击了这房子，就可能永远地打草惊蛇，刘招华要是再度逃离，警方再想将其纳进视线便又是难上加难了，最起码是不知要再费怎样的周折……

而动手的时间定晚了，就可能错过了抓捕刘招华的最佳时机……事实上，刘招华的确是想在晚一两天便离开最后的这个藏身地，偷渡到菲律宾去了……

所以，3月5日纯属一场巧合！

而世间竟有这般的巧合！

这巧合充满玄机！

那么，刘招华有没有预感到这一天恰是他自己的一场宿命？

我心存了太多太多的疑问，而刘招华的手里握着我心存的所有疑问的谜底，我要见到刘招华！也只有见到刘招华才能揭开疑问的全部底牌！

1、审视与被审视

特审室房门朝东开，南北各开着一道门。我随主审侦查员阿光他们从北边的那道门进到屋里。阿光指着另一道门说，刘招华一会儿就从那扇门进来！

这是进到一个屋子里的两条路径，两条路径里的人生却是泾渭分明的！

屋子宽大。阿光的话音已落，而我仍能听见话语的回音在空中不散……

屋子里只有一种格局：审视与被审视。

审讯的台面坐北朝南。台面的后面是一阔大的玻璃窗，玻璃的透明被厚重的丝绒隔着，让我感觉那就像人生的一道帷幕，只不过这道帷幕是一道落幕，他是刘招华不得不面对的人生帷幕中一道永远的闭合……

我坐在福建省看守所特审室西侧的那把椅子里，目光一直盯着东南边的那扇门……我目光的中间点上陈放着一把木制的圆圈椅。圆圈椅显得厚重而又墩实，在目光盯视的那片空空的迷离里，那椅子极像是一个平躺着的句号！

这样的一把椅子，也的确见证过许许多多非常人生的非常结局……

阿光说，初次审讯刘招华的时候，刘招华坐进这把椅子开口所问的第一句话是：你们是怎么找到我的？

阿光笑而不答。

阿光当然不想告诉刘招华，自己和女缉毒警林妙曾假扮成一对恋人在刘招华躲藏的街尾巷里装做看门市的转悠过，那个27号的大门一直是紧紧地闭着的，阿光近距离地站在那个门口，心冬冬地跳。

可是，他还是禁不住用手轻轻地推了一下：那门，紧闭着，纹丝未动……当时，他是真的想早日看见隔着一道门、一个院落、住在二层楼里的那个人的真面目，他不喜欢这种藏猫猫式的较量，他更希望面对面的针锋相对……这个从公安大学毕业的年轻的缉毒警察，主审过大毒枭王坚章以及许多重量级的"人物"，有朝一日能够主审大毒枭刘招华更是他心中的一愿……

所以，他万分希望他每天眼巴巴守望的那个人就是警方"日思夜想"的大毒枭刘招华……

刘招华被抓获的一瞬间

当行动的那个短暂瞬间瞬时揭开了横在每一个侦查员心里那层隔了9年的神秘的面纱时，混杂在屋子里的所有的声音凝成的共同的一句问话是：是不是刘招华？

刘招华的头和身子被众多双手按着，当他的脸被一双手扳过来的时候，那张脸以最近的距离正对着阿光那双急于探究的目光：在专案的许多个日月里，阿光和每一个侦查员曾对着通缉令上的刘招华早年的那张照片看了又看，揣摸了又揣摸，即使一张脸因胖或是瘦有所改变，而无可更改的是一个人目光里的那副神态：那是一个人刻在生命年轮里可视的魂魄，万千的人便有万千的不同，它们区别你是这一个而不是那一个：是刘招华无疑啊！

阿光注意到，刘招华在被抓的那个瞬间里也只有短暂的几秒钟的神情混乱。因为虽然没响一枪一弹，但是，空气里弥漫着的紧张比响过枪弹还要令人喘息困难……也仿如自然灾害突临时，人的本能的一种惊骇和紧张。令阿光和在场的所有侦查员暗中震惊的是，瞬时之后，刘招华便恢复了常人所无法抵达的从容和淡定，你能看出他在逃亡过程中一直有落网的思想准备，他说，抓已经被你们抓到了，我又不会跑，干吗还要这样按住我呢！

当一双又一双手松开他，当他立起身来时，就像瞬时的一种变脸，沮丧被翻过去了，他的脸上已面带了接受眼前这局面的一种坦然：这一天是迟早的，这个时刻是必然的！他认命。

如果说，从前的刘招华是存于人们的各种假说、传说和无尽的猜测与怀想里，而那一刻，阿光才真正意识到警方碰到的是前所未有的一个"对手"，一个从精神上得很费些力气恐怕仍难以攻克的"人物"！

现场的一双又一双目光都盯着看那张脸，那张脸，没有人们想象的 9 年逃亡生涯留下的哪怕一丝一毫狼狈和折磨的痕迹，相反，那竟是一张保养得简直令人难以置信的滋润而又细致的面孔！

睡眠充足，营养充分，体魄健壮。

刘招华是凭着怎样的心理素质走过长达9年的生死逃亡岁月？这是现场见到刘招华的每一个人心里打的问号。

刘招华被抓时身上穿着纯棉质地的睡衣睡裤。后来有小报报道说刘招华被抓时"穿着短裤"……抓捕前还"警灯闪烁"，"楼顶上还有三声信号弹响"，现场参战过的侦查员看后真是哭笑不得……

阿光记得他紧随着被押着的刘招华从二楼走下来，穿过一楼大厅，站到院子里时，早春凌晨时刻的寒冷入心入骨。总队长傅是杰叫侦查员从楼上拿了一件外衣为刘招华披上……

阿光更记得，刘招华在离开最后的躲藏地，临上车时，跟他和身边的侦查员说，你们要问什么问题，列个清单出来，涉及到我自己的我都会说，帮助过我的人，你们也别问，我是不会跟你们说的！

从没有一个大毒枭如此的狂妄敢跟警察这样叫板和挑战！

是因为刘招华早年当过兵？做过法警？刘招华是否常常有一种身份的迷失？

阿光感觉，刘招华是非常明了自己的角色的，在认命和伏法的姿态里，仍不忘跟警察摆"大毒枭"的谱儿，正是刘招华性情的一种使然！

刘招华不愧是一个非同寻常的旷世之"大毒枭"！因为他的从容和镇定的确也不是装出来的。

刘招华初时坐进那把椅子里，在跟阿光的第一个回合的较量中，是没有把看上去年纪轻轻的阿光放在眼里的。当阿光笑而不答他的"你们是怎么找到我的？"那句问话后，刘招华近乎于恶毒而又刻薄地调侃阿光说，阿光，你看上去有40多了吧？

阿光说，我看上去有这么老？

其实阿光刚刚30出头。怎么看，阿光也不会上40的年纪啊！

刘招华说，阿光啊，我看你的面相呢，你顶多活到44岁！而且我跟你说，你不是暴死就是出车祸而死，顶多壮烈牺牲当个烈士什么的！反正都不是好死！

刘招华的话就像是对阿光的一种诅咒，阿光虽然年轻，可也经见过许多的"人物"，而如刘招华这般跟他如此开场的，还是头一次遭遇。要是在平时，以阿光的年轻气盛，他可能真得跳起脚来表达愤怒，可是，阿光心里有数，他知道他面对的是怎样一个"人物"，他要让刘招华极尽恶毒之能事，他要给刘招华留有发泄的孔道，他要不急不躁地跟刘招华有条不紊地往下玩儿……

也许刘招华内心的不平衡正是基于他是顶尖级"大毒枭"，福建警方怎么会派一个如此年轻的警察主审他呢！所以他在一开始并没有把阿光放在眼里。

阿光面带了特别的微笑对刘招华说，刘招华，你不愧是当过法警的，我知道你这是想玩反客为主的小伎俩，先给我送点腻歪，然后你好从心理上、气势上先把我压趴下！刘招华你还有什么更恶毒的，只管说出来，我想了，按你说的我活到44岁，那么我还有大把的时间陪你玩儿下去！只是，你的时间可没我富余！

刘招华听后从胸腔里发出一阵共鸣的深笑！阿光的话软里带着刺儿，字字见血，他真是不可小瞧了！

阿光我跟你讲，你的意思我明白，但这个生死我早已看开！从我制"冰"的那一天起，我早就知道这一天……于我来讲呢，从前我当法警时是替共产党当刽子手，今天，我不过自己做自己的刽子手罢了！刘招华说。

刘招华，我真的是问过成百上千的犯罪嫌疑人，你跟他们是截然的不同。我问过那么多的犯罪嫌疑人，他们都抱着强烈的求生的欲望。你就不一样，正因为此，也正因为这一点原因，我们两个人的谈话，我始终占不到主动！

阿光所说是他的心里话。

刘招华说，我跟你讲，无论是我当法警的时候，还是我的亲人的相继死去，我看得太多了，按算命的所说，即使我不是因制"冰"被判死，我也会在40多岁的时候就死掉了，这就是我的命该如此，所以说生与死在我，我把它们看得太淡了……

阿光说，你如果这么说，就有矛盾了，你既然把生与死看得这么淡，我觉得一个高明的犯罪嫌疑人，他的犯罪就是不被人发现，不被发现这是他的非常高明的地方，我认为既然你已经被发现了，同时你又对生死看得那么淡，我觉得你就没有必要再跑了！

刘招华说，我跟你讲，这个"发现"和"跑"是两码事！"跑"这个东西是很正常的，我逃出去就是生，逃不出去就是死啊！在没有被抓获的时候，谁都有求生的欲望，抓住我了，我该认什么罪认什么罪！哪有在没有被你们抓获的时候就宁愿死的？对不对？

阿光说，刘招华我信你不怕死。否则你也不会以如此的心态来面对你的被抓和被审。而我们俩今天能这样面对面坐到这里，我想多余的话都不必再说！怎么样刘招华，我是警察，你也当过警察，我们都别玩虚的好不好，我不拐弯，你也别抹角，我们两个都开诚布公，你同不同意？

主审阿光

刘招华说，当然，我喜欢开诚布公，而且，你问什么，我也会配合，于你，这是职责所在，这一点我明白。只是，你这杯水里的茶叶可不是什么好茶叶，再来审我的时候给我带点好茶叶泡行不行？我一向喜欢喝茶，每天要大量地喝的。

阿光说，这是公家的茶叶，公家哪里有备什么好茶！没有问题，你这么大的毒枭，我一定把我私人的最好的茶叶带来泡给你喝！

那多谢了！

刘招华说着已将纸杯里的不好喝的茶水一饮而尽了！

2、刘招华知道认输比赖"棋"更具一个"高手"风范

特审室门外有了三两的脚步声，间或有高高低低的男人的说话声、笑声……门便是在含混不清的说话声和笑声的起落里被推开来……

风一样撞进我目光的那个人便是刘招华了。刘招华看上去比照片上显得宽大健壮。仍是板寸的平头，只是早已脱了通缉令上的那张尚留有棱角的、多少略显有点生硬稚气的国字脸的形态，比那一张脸圆润许多且红光满面且更精于世道、老于世故。

倘若不是在看守所，倘若不知他就是刘招华，你无论如何无法将这样一张看似就像是经年养尊处优、保养细致润泽的脸，跟一个在9年的逃亡生涯里、确知每一天都可能是自己的死期的人相联系在一起……

刘招华上身穿着橘黄色的号服，号服的前胸上印着醒目的"省看"字样。号服里着一身灰色的休闲衣裤、休闲的鞋子，倘或没有那身醒目的橘黄色的时时提醒，看刘招华面带微笑的不以为然的放松样子，想他可能把从监号到特审室，只当做了每天例行的"串门"而已……我坐的那个位置刚好与门口是对角线的两点，所以他一眼就看见了坐在对角点上盯着他看的我。

刘招华一眼扫过来，看见屋子里多了一个陌生的我，目光里闪出新奇的一愕，随后他笑着冲我礼貌地点点头。我也还他一个微笑，但我的眼睛不想放过任何哪怕微小的细节，

我在心里比较着刘招华跟我想象中存在着的同或是异……

刘招华的步子跨得很大，他径直走到了那把圈椅旁。身后跟着的两个看守所的警察将那个圈椅前边的横杆掀开，待刘招华坐进去，再将那个横杆复位……

坐进"句号"里的刘招华，在我的眼里立时恰似一个粗实的惊叹号！近距离地审视刘招华，我清晰地看到他的右眉上有一道长长的疤痕……

刘招华一坐定，阿光旁边的林妙就将已沏好的茶水递给刘招华，刘招华看了看纸杯说，今天的茶不错！说着他便轻抿了一口……我注意，他抿完茶并不把茶杯放到桌子上，而是一直用手把玩着……

阿光说，刘招华，我来给你介绍一下，这位是公安部的"胡处长"……

阿光事先并没告诉我他会这样介绍我。所以我倒是被这介绍给愣了一下。随后我便会意地笑了。我知道阿光的意思，他怕说出我记者的真实身份来会令刘招华心怀戒备和反感。因为正在审讯的关键期间，任何的媒体记者都不允许采访刘招华，包括央视《焦点访谈》、《经济半小时》等各节目组所拍刘招华的镜头，都是阿光他们用小DV代为拍摄的。所提问题也都由各节目组的编导列出要问的问题由阿光代问……我能与刘招华如此的面对面已经是格外地破例了。我当然要尊重阿光的一切安排，包括他对我的介绍，一切当从方便工作的角度出发，我自然是不在意他向刘招华介绍我是谁了。

可是，我发现刘招华嘴角挂着一丝看出某种破绽的笑。我不动声色地看着他，猜他在想什么，而他笑着转而问我，你是公安部哪一个处的？

我没有思想准备他会提问我，我也真的没想过我是哪个处的，因为以为阿光那么一说，刘招华如此那么一听，听完也就算了。他这一问，我还必须要回答，可是，我不想骗他说我是哪个处的，所以，我只好反问他，你猜猜看？

刘招华眼里露出一丝得意和狡黠的光来，他说，要我说嘛，公安部缉毒局的领导来过了，省厅缉毒局的领导也来过，现在再来的，肯定是要搞宣传报道的文字记者吧？！怎么样，我想我说得不会错吧？

我听完便笑了。我的笑完全是一种默认。从我的内心，我不得不佩服他的聪明以及思维的敏捷和直觉里那一份准确的判断力。

我知道他所说的"公安部缉毒局的领导"所指是禁毒局的副局长、"7·28"专案指挥陈存仪。我在由北京飞赴福建前最先采访的就是陈存仪。

陈存仪是在抓住刘招华后的第一时间由北京飞抵福建的。他要亲眼看看这个可以算得上是警方的"对手"的、国内惟一用化学合成的方法创造了世界制造冰毒"奇迹"的刘招华到底是怎样的一个人……

那一天，陈存仪所坐的正是我现在所坐的这个位置、这把椅子……

陈存仪不说话，只用目光考量着刘招华。

刘招华说，我见过你，在电视上，在公安部公开通缉和悬赏我的新闻发布会上，你叫陈存仪对吧？！

刘招华说这话的时候并不知，1999年11月4日，在广州，正是这一双目光，才使得他再一次浮出"冰"面……

这一双目光，其实也是注定了他命运的最后的一场终结……

公安部禁毒局副局长陈存仪

陈存仪笑了笑，仿佛隔在面前 9 年之久的那层面纱一下子就被揭开了……

于刘招华来讲，他也知道，无论他怎么样自视他在化学合成制"冰"领域多么的有"成就感"，而当这般面对面地与警察坐在一起的时候，他已经无话可说，就像下完了一盘棋，败的结局就是这么的显而易见……他知道认输比赖"棋"更像一个"高手"风范，他在公安部缉毒局高级官员陈存仪面前，尽量保持一个下败了棋局的"高手"的风范，在他的骨子里，他以为胜败只是一盘棋的两种格局，他并不以为他的败有什么可耻。因为他对他的制"冰"从未认为是可耻的……

当我不必隐瞒记者身份的时候，我立时便感到了那种不必掖着藏着的轻松。我将随身携带着的DV小摄像机、录音机以及照相机统统从包里取出来，我问刘招华，你不介意吧？

我的以示对刘招华的尊重还是很奏效的，他冲我笑着说，当然，没关系，我不介意！说着，他用左手从兜里掏出一把糖来放到桌子上，旁若无人地剥开一块放进嘴里……

事前阿光曾跟我说过，刘招华不吸烟，倘若吸烟，可能审讯与被审讯人之间的距离就会大大地缩短。而刘招华的不吸烟，就使得双方一直保持一种很不好突破的距离……可是，他的吃糖之举还是令我大为吃惊了一下。很少见男人吃零食，尤其是吃糖。所以我不由得笑起来。他看我笑他，也笑着说，吃糖有什么好笑的？吃糖可以防止老年痴呆！

我说，反正你也活不到老年，还怕痴呆不痴呆？不过，谁给你的糖？

刘招华说，跟我住一个号里的，他们有什么好吃的都给我吃！

我说，人家为什么都给你？

刘招华又剥了一块放进嘴里显得很得意地说，我随便告诉他们一个方子，他们以后出去，一生就衣食无忧了！

我说，什么方子？不会是冰毒配方吧？我心里还真吓了一跳，以为刘招华会在号里开制"冰"速成班，再培养出更多的"刘招华"！

刘招华说你不要这样想我，我除了制"冰"，我在医药学方面也还是很有研究的，从前算命的跟我说，倘若我要在医药学方面发展，一定会是医药学方面非常有造诣的学者或是专家……

我打断他的话说，那你当年干吗不选择医药学而非得去制"冰"？

刘招华说，这个就是命了，我从来也没有为我走上制"冰"这条路感到后悔，我自认为，我在制"冰"这个领域的研究，全世界也没有几个人赶上我的，我预计，未来的十年、二十年，"四号"（海洛因）会被淘汰，而冰毒不会，冰毒会有一个发展的良好走势……

刘招华摇了摇他手里被喝空了的杯子，那时阿光他们正低头做一个笔录，没人看见他要水喝，我起身给他倒水，他说谢谢。然后他不忘推销他的方剂说，真的，你不信，我在桂林研制的保健品都是天然的中药配方，倘若你服用之后，你这个人就像是换了一个人，怎么说呢，起码比你现在要年轻十岁！

我不信地看着刘招华。刘招华说，你不要不信，我不会骗你的！

我说，你不会把冰毒也加进了你的保健品里去吧？倘若吃了，再上了瘾，将来到哪儿再讨去？

刘招华说，桂林那里有服用的，效果真的很好。

至此我知，刘招华所说的就是用这些方子换糖来咀嚼。

我说，我有薄荷糖你吃不吃？

刘招华摆摆手说，不要给死刑犯吃东西，给死刑犯吃东西会很"衰"的！

阿光听此，笔录也不做了，冲着刘招华喊，哎，刘招华，那我们每天都给你倒水喝呢？

刘招华说，这个倒水跟吃东西是两回事嘛！

阿光说，那你在号里每天吃的饭，不都是警察送到你手里的？依你这么说，还有从前那许多的死刑犯，跟你加到一起，那我们身上所沾的"衰"气得有多少？我们就都不活了？胡记者，别信他的话！

我说我才不信呢，而且我也不怕！

我在采访刘招华的那几天，越来越发现，其实有时我根本不用多问什么，阿光跟刘招华，两个人彼此的每一次过"招"，都是精彩绝伦……

其实我的采访并非就此开始，我据实地告诉刘招华，我在来见他之前，已去过他的老家赛岐镇、他最早的制"冰"工厂、还有他最后的那个藏身地福安街尾 27 号……

我发现，我无法将同我面对面讲真假故事的刘招华、与阿光不停地过"招"的刘招华、还有被阿光记录在卷宗里的刘招华，完全地跟那已逝不再的过往岁月和他生命里的一切所遇隔开来看……

我渐渐明白，我怎么能期望从刘招华那里看到他生命谜途的那张最真实的底牌呢？

在无人看见的黑暗里，你逃得过所有，却逃不过时光。

惟有时光是人生岁月里割不断的永在。

每一生命的底牌均在永在的时光把握之中……

时光从来就不是背景，而是令每一生命都无以为躲的主宰。

倘若说每一人生都是一条浩渺的江河，我是站到了刘招华人生河流的尽头，去看他彼时的天空和岁月……还有他在江面上滑过时那翻飞的失去了河也失去了岸的迷失了的人性和生命……

3、刘招华最早制冰毒的地方在一条死路的 尽头、一片回转倒流的江水包围中……

天空迷蒙。我们的眼睛有时很难穿过迷蒙看见隐在迷蒙后面的真相。

这是南国的 3 月，冷湿的细雨一层一层地透过迷蒙淋在人的脸上身上，侦查员林峰引领着我行走在通往刘招华最早制冰毒的那个所在：福安赛岐镇苏洋村和溪里交界处。

一条山道深深幽幽，幽幽长长。很难说得清，那是不是刘招华起始的谜途？

看得出，这一条路始终这样曲曲折折横陈在荒凉和寂寞里。偶尔在山路的一侧显出一间破败的窝棚，再往深里走，还可见几户农家以及几只鸟雀，它们远远地就伸长了脖颈呆视着任何途经他们的车和人……

及至走到一道破旧的大铁门处，我才发现这长长长长的一条路原竟是一条死路。

我猜不出早年的刘招华是不是刻意选择了这样一个处所制"冰"？抑或只是命运的一种巧合？因为，他只需在细长道路的某一个部位安排一两个瞭望哨，任何的风吹草动便都会尽收眼底了。外人很难悄没声息地混进他的这一个制"冰"的所在……

刘招华的聪明过人周密严谨从此也可窥见一斑。

林峰说，即使混进来，刘招华也有足够的时间撤身逃离：在他别墅一层大厅的东南角落里，修有一条地下通道，那条通道直通江面，江面上，常年备着一艘快艇……

这一条江叫赛江。

刘招华是不是在初始就预备着随时随地闻风而逃？

如果刘招华不肯说出真相，我们便永远停留在猜想里。

制"冰"的厂房倚山而建，环江边是狭长的环流池，在厂房和环流池中央，一条石子路蜿蜒伸向刘招华那幢依山傍水的白色别墅……

胡玥在刘招华别墅前，身后就是倒流的江水

我将一行人远远地甩在身后，一个人独自走近别墅……

我是想在岁月久置的安静和沉寂里，搜寻到一个人留在旧日里的痕迹：一个人旧日时光里的春风得意，它们或许还粘连在墙壁或是房间陈腐空气里的一隅？听说，最早给刘招华投资建厂的那个台湾人曾一度是这幢别墅里的座上宾……那个台湾人应该算是刘招华歧路人生里的引领者，他在刘招华第一次制"冰"事发后再也没有露过面，没有人知道如今的他究竟隐在何处？

我在福州警方的卷宗里曾看到过最早与刘招华合伙做生意的台湾人的名姓，他们分别叫苏聪敏、杨柳庄、杨柳青……

我不得而知，这三个人中的哪一个是刘招华走上制"冰"之路的诱引？抑或这三个名字，从来就是假名字？他们就像天空里飘忽不定的云彩，风一吹，就散了，散得无影无踪……

我注意到刘招华对往昔的那场回顾从不提台湾人的名姓，而只以"台湾人"代称……

还有地方上的许许多多有头有面的人物们，他们昔日曾经以跟这幢别墅的年轻主人能时常杯盏交错而感万分的荣幸……

如今，人去楼空，只剩下凄厉的江风不停地诉说着世事的沧桑和变迁……

风呼呼地吹过空旷的江面，江水在底下发出长一声短一声的呜咽，我的身心在那一片长短不一的呜咽里瑟瑟发抖，我感觉有那么一刻的慌神，止足于那一片呜咽里再不敢前行，目光寻着那一片呜咽看过去，令我震惊的倒不是江水为何会发出那么瘆人的声响，而是那一片又一片倒流的江水……

我只知大毒枭谭晓林的老家四川乐至县回澜镇就有一条回转倒流的河，"回澜"便因回转倒流而得名。

我不信人世之间竟有这般的巧合！

每一个人都是一条河流。

每一条河都有自己的流向。我真的不信，谭晓林和刘招华的生命运程里竟潜藏着这般惊人相似的逆转！

在别墅的东边，有一个巨大的游泳池，紧依着雕栏的花墙，与江水隔开。乡人说，刘招华的"冰"工厂开工没多久，刘招华大哥的儿子来别墅玩时，在游泳池里莫名地被电击而死……他的大哥大嫂无以解脱痛失爱子的悲伤，双双出家做了和尚和尼姑，终日青灯一盏，阿弥陀佛……

在他大哥的儿子电击而死不过十几天，刘招华的姐姐刘月春的17岁的女儿又在车祸中丧生……

人生本就无定、无常。亲人，而且是晚辈后生，他们的相继离去也或许真是命运中的一种偶然。而在人心的暗处，乡人们是把这生死无常账算在刘招华制"冰"太过阴缺这件事体上了！

我在刘招华别墅二层楼屋北面阳台那断垣残壁处立定，一眼便望到了别墅右前方的那个航标灯。早年，刘招华盛时的岁月里，航标灯便是这个雾蒙蒙的暗夜江面上惟一的亮点……乡人还告诉过我，因为这是一条倒流的河，每遇溺水而死者，那尸体会自动被水逆流带回到这个航标灯下……

这仿佛暗合了乡人的说法，正所谓孽渊深重，阴魂不散！

后窗的山中散落着许多的坟冢，因为荒着，所以看不出是新还是旧……而就在这空而荒寂的残野里，就在离我不远的地方，竟传来一声接一声的狗吠……

4、化学爱好者的试制冰毒之路

但事发之前，乡人是不知刘招华制"冰"的营生的，他的厂子最初是用以生产再生塑料，后来由于国家政策不允许国外进口垃圾，他转而以投资生产洋葱晶为借口，用化学合成的方法研制冰毒。

乡人只知洋葱晶是一种保健品，日本人很喜欢食用，且销路很好……

乡人也不知刘招华这大名，一条街上住着的邻里，自小把刘招华的哥哥叫"曹操"，顺便就把刘招华称"曹弟"……

按刘招华跟我说的，早在1985年他还在平潭武警县看守所中队时，就查阅过有关的化学书籍，对此一下就产生了兴趣。刘招华在上初、高中时，化学成绩就非常好，多次获得省市竞赛的好名次，所以他一直以来对化学都非常感兴趣，当他看到有关提炼毒品的消息后，他就对制冰毒的工艺更感兴趣了。

大约在1989年，他在福州东湖宾馆7号楼开始了第一次试制，这东湖7号楼是他与台湾的生意人包租下来的，因为他在1988年底转业到1989年底去福安法院当法警这一年多里，一直跟着平潭的台湾人一起做生意。

刘招华对他的部队转业始终就是一句话带过。而我曾用心记过有关刘招华的一份简历：

1983年入伍前，在福安市赛岐镇汽修厂当学徒工；

1983年11月，应征入伍，在武警福州边防支队当兵；

1985年5月，加入中国共产主义青年团；

1985 年 7 月至 1987 年 7 月，在武警福州指挥学校学习后勤专业（中专）；

1987 年 7 月，被提升为干部，任武警福州边防支队平潭县大队正排职助理员；

1988 年 1 月，任武警福州边防支队平潭县大队屿头派出所正排职干事。在此期间曾代理司务长，因贪污公款（共计人民币 145.15 元）受到支队行政记过处分一次、团内严重警告处分一次；

1989 年 12 月，退出现役，转业到地方，被安排在福安市人民法院任司法警察；

1994 年 12 月，辞去法警职务，仍然保留干部身份，人事关系转到福安市人才交流中心。

——以上摘抄自《刘招华档案》

1997 年 3 月 4 日于福安市委组织部

我注意到"1988 年 1 月，任武警福州边防支队平潭县大队屿头派出所正排职干事。在此期间曾代理司务长，因贪污公款（共计人民币 145.15 元）受到支队行政记过处分一次、团内严重警告处分一次……"

这一条，我就像是发现了新大陆似的以为找到了刘招华走上歧路人生之所在，我固执地认为，刘招华一定是因为早年这个很不起眼的微小"污"点给他带来的不堪承受，而放弃了向上的一颗心任自己滑进堕落……

而我又不好直接跟刘招华提起这件事，那不就等于当面揭他的短了嘛，所以我只好私下里把我的猜测讲给阿光听，阿光说，哪里是他承受不了这"污"点，这个"污"点是他一手故意策划和导演的!

阿光说,刘招华那时一心想做生意,他已厌倦了部队的生活,而自己又没有什么理由提前转业,所以就利用自己代理当司务长之职时,采取给出差的战士多报差旅费的办法造成差旅费的账、额不符,超出账面的那一部分钱自然便被视做是贪污,如此达到他提前转业的目的……

为了达到自己的目的,刘招华真可谓把"不择手段"做到了极致!他可以毫不犹豫地自毁"前程",当然,他为了要抵达自己认定的另一个"前程",是不会把任何的"前程"放在眼里的……

这也是刘招华做人的一贯。

大约在1989年6月初的一天,台湾人给了他100克制毒原材料,让他做试验,他参考了有关的化学书籍后,就开始试制,并在福州街上买了其它所需配剂和化学试验器皿,就在东湖宾馆四层卫生间内开始试验。大概只用了两三个小时就成功地生产出来安非他明,也就是冰毒。这次的试制成功是刘招华制"冰"的第一次。

一次就成功,这令刘招华很亢奋。在刘招华的印象中那次生产出五六十克冰毒。

按刘招华所说,这第一次生产的五六十克冰毒全给了那个台湾人……

在1990年至1995年之间,也就是刘招华在法院当法警期间,还一直在摸索研究制造冰毒,并注意收集有关的资料。

1995年,他辞去了法警工作,正式下海经商。那时平潭人陈阿章找到他,问他能不能制一些"冰",准备跟台湾人一起将"冰"贩卖到日本、台湾去!

刘招华说当时麻黄素开始管制严了,原材料找不到,只能想办法合成冰毒。

他们要求他制毒但并没有给他资金,他说他是在1988年转业到1989年底去法院上班前的一年多里,做烟酒药材等土特产生意赚取了二三百万。由于自己有钱,同时,也由于自己一直以来对化学感兴趣,再加上陈阿章的要求,他从1995年下半年开始正式研究如何通过合成来制冰毒。他说他花费将近40万元来研究,到了1996年2月到5月间,他进行了多次的生产、试验、研究,最终被他成功制出大约20至30公斤的合成冰毒。然而这期间制造出的冰毒纯度不够高,而且生产出来的冰毒是粉末状的,外观也不好看。由于那段时间他经常去西安出差,按刘招华所说他去西安是想投资搞房地产生意。但房地产虽并没有做,倒是认识了不少朋友,而他也有意识地认识了一些化学专家,包括某大学化学系教授。那教授在研究炸药方面很有造诣,在刘招华的印象中那教授当时已有70多岁……他去西安请教那老教授如何提高纯度在95%以上和如何让结晶体更美观……老教授并不知他在试制冰毒,所以专门在试验室为他进行过一段时间的试验,而后还给他指点过一二……

他带着老教授的指点回到福安赛岐镇他的厂子自己又开始试验,他发现不用教授说的方法也可以生产出美观的结晶体冰毒,最终他用试验剩下的液体生产出了20至30公斤的冰毒,纯度达到95%以上。

他把其中的1公斤先交给陈阿章试试市场的认同与否。

据陈阿章说这1公斤的冰毒在台湾销路很好，于是他决定把剩下的冰毒全部都交给陈阿章去贩卖，他跟陈阿章的协议是每公斤赚取1.5万元人民币，多出的部分都由陈阿章收取。

央视某套节目曾让阿光就刘招华不当法警后从事制"冰"、以及后来到西安请教某大学教授代为向刘招华提问了两个问题："刘招华，你过去是当法警的，怎么后来就走上了制'冰'这条路的？"

刘招华头脑的反应相当机敏，他马上反驳说，这个问题不可以这么问。我当法警跟制"冰"从来就没有什么必然联系。当法警就一定会走上制"冰"之路？那当法警的多了！所以我要说，当法警是当法警，制"冰"是制"冰"。制"冰"只是我的一个个人的兴趣和爱好，跟当法警没有什么内在的联系！

"刘招华，你曾经到西安向一名大学教授请教过制毒方面的知识，是事实吧？"

对这一问，刘招华更不以为然地纠正说，不是事实，只能讲是请教过有些化学方面的知识，而不是制毒知识，这是质的不同……

刘招华是连语言缝隙里的一丝一毫的漏洞都不肯放过的。这使我想起侦查员林峰跟我说的，刘招华在初次面对审讯时对在座的警察说：你们不用跟我玩智商，要是单纯玩智商的话，你们不一定玩得过我……

谁也不用怀疑刘招华智商的高超和过人。但是，一个人，无论智商多么高超，倘若那高超和过人是用来反法律、反社会、反人类，最终的结果必然会被社会和人类所不耻，被法律所制裁……

刘招华姐姐保留的惟一一版刘招华当兵时的照片

5、首次浮出"冰"面：地下制造冰毒的工厂被捣

我采访过当年经办陈阿章贩毒案的老缉毒警察薛建和。薛建和说当时的真实情况是：那个陈阿章也即陈文印并不是把毒品卖给他所说的台湾人，而是联系了一个长乐人。那个长乐人在偷渡的时候恰被边防警给抓获了，为了抵偷渡的罪，长乐人就举报了陈文印联系他贩毒这档子事。福州市公安局缉毒大队接此情报，就派了两名侦查员化装成买毒品的老板经长乐人引见跟陈文印和一个叫张明辉的人进行接触和谈判。交谈后定下 1996 年 7 月 5 日进行交易。按交易的规则，交易前卖方要先看一看买方是否有钱。当时冰毒的行情每公斤是 3 万元，陈文印要求先验资，警方为陈文印准备了六七千美金。验资是由张明辉来完成的，地点选在平山大厦 12 层的一个房间里。临近中午，张明辉独自来验钞，验完后给陈文印打电话说，钱都看了！电话打完之后，张明辉说，因为是初次交易，先做 5 公斤！日后，你们要是还要，还有货，要多少有多少……

扮成老板的两个侦查员提出就在房间里交易，张明辉请示陈文印，陈文印说，还是在外面交易吧，保险一些！

后来，陈文印临时通知交易地点在福州工业展览中心酒店门口（现在的福建经贸汇展中心），所有的外围侦查员便紧急往工业展览中心门口移动。

薛建和说当时他们只是看到陈文印是由五四大街那个方向过来的，坐的车也不是的士，如果是的士，司机就会讲明

陈文印是从哪里坐车过来的，也就不难查到冰毒是从哪儿取的。事后才知陈文印是找了张明辉的一个亲戚开车来的……

陈文印是将5公斤的冰毒装在一个方便面的纸箱内带过去的。毒品在，钱在，人在，扮成老板的侦查员很快给外围发出了信号。

陈文印被抓。张明辉一看情势不好撒腿就逃，在翻越栏杆的时候，被警方捉回。

薛建和主审张明辉时问张明辉知道不知道毒品是从哪里来的，张明辉说，我是被陈文印给拖来的。

我跟陈文印都住平潭一带，是好朋友，平常做一些杂七杂八的生意，这一次陈文印说要做一宗大的生意，把我拉来，给我的主要任务就是验钱的真假，别的我什么都不知，好像据陈文印讲，毒品是从一个姓潘的台湾人那里买来的……

审陈文印时，陈文印一口咬定毒品是从潘姓的台湾人手里买来的。薛建和问陈文印怎么跟这个台湾人联系，陈文印说，我联系不到啊，都是他联系我！

薛建和说陈文印你在讲假话，是台湾人要卖，而后找你，而后呢你联系到买主。你联系到买主之后你肯定要联系台湾人，告诉他你看到了钱，人家要买多少东西……你怎么能说你联系不到台湾人呢？

依据张明辉在交易前所说"你们要是还要，还有货，要多少有多少……"的话来判断，薛建和直觉感知毒源一定不是如陈文印和张明辉所说的那么简单。

而由于两人拒不交代,毒源这一层无法深入地追究下去，又由于是打现行的案子，两个人很快就被刑事拘留。在送往看守所的路上，陈文印和张明辉看上去一点压力也没有，甚而还能隔着薛建和他们几个侦查员谈笑风生……

当然薛建和后来弄明白了陈文印和张明辉的那份放松，源于他们相信后面有人保他们。他们自以为后边的那个人也即刘招华跟法院的关系熟络，托托人找找关系，他们顶多被判个几年就会出去……

因为此后，有个很神秘的人的确曾往薛建和的家里打电话找他探问陈阿章案子的情况。薛建和问那人是谁，那人不肯告诉他。薛建和便告诉那人案子已移交给法院……

后来还有一个熟人打电话，问他是不是在7月5日抓了一个人？

他问怎么啦？

那人说有人托问问……

许多年里，薛建和对隐在打电话人背后的人始终心有疑惑，他不知那人会不会正是刘招华……

而在当时，薛建和在给陈阿章他们办"入看"手续的时候，看到他们还在笑，他就很不客气地跟陈文印他们说：你们不要笑，事情还没有完，货到底从哪里来的你们还没有交代，笑到最后那才是真正的笑！

这话虽然不是薛建和的独创，但，在这个时候，用在这样两个人的身上，是再恰如其分不过了。

后来，薛建和就听社会上流传了一种说法，说陈阿章他们这个案子有人在背后说情，可能判不了多重……

当陈文印和张明辉在这一年的年末，也即1996年12月底接到一审的死刑判决时，两个人一下子就傻在了那里：他们终于明白谁也不是他们救命的稻草！他们更不愿以死去保一根与他们不相干的稻草！

求生的本能使得两个人几乎是在同一时间，主动坦白检举冰毒不是从潘姓台湾人那里拿的，而是从福建省立医院内一个叫吴晓东的人那里拿的。而货主是吴晓东的姐夫刘招华……

福州警方于1997年1月6日晚9点，在福州市古楼区温泉路14号省立医院宿舍12幢403单元抓获了刘招华的小舅子吴晓东（男，1968年9月5日出生，福建福安市人，福建省立医院工作人员）。

吴晓东交代说，1996年5月底的一天，他的姐夫刘招华将一个装有15公斤冰毒（甲基苯丙胺）的蓝色旅行包存放在他的资料室内（位于省立医院影像楼四层），并告诉他，包内装的是冰毒，由陈文印去联系买主，联系到买主后，陈文印会直接到他这儿取"货"……

事发后约一个星期，刘招华打电话给他，告知陈文印出事了，叫他将剩余的冰毒处理掉。他按刘招华的交代，就在当天夜间，将剩余的10公斤冰毒塞进泥巴里揉搓后，从省立医院住院部病房大楼的垃圾通道扔掉了……

1月7日凌晨，福州市刑警支队组织力量赶赴福安市赛岐镇，在宁德地区公安处和福安市公安局的配合下，于1月9日凌晨约6时许，冲击了位于赛岐镇苏洋村和溪里村交界处刘招华开设的地下制造冰毒的工厂……

我行走着的那条路，就是当年他们行走过的同一条路。

厂内自然是空无一人。

制"冰"工厂的小路

　　在厂房内，侦查员查获搅拌机、发电机、化学测试器具等一大批试验、制造冰毒的设备、用具；在厂房和车库内查获大批用于试验、制造冰毒的化学配剂；在刘招华的卧室内搜到刘招华购买的有关化工方面的业务书籍和冰毒生产工艺流程图、配方以及购买生产设备和化学配剂的单据若干……

　　这就是刘招华的首次浮出"冰"面。

6、刘招华虽然躲过了命运中的这第一劫，但他清楚地知道：从此以后的岁月，他的每一天，都是从生走向那个死……

其实于我，于"7·28"专案的所有侦查员，以及关注"7·28"案子的许多人来说，最想解开的谜却是在第一次事发的前后时间里，刘招华在哪儿？在干什么？怎么出逃的？逃到了哪里？

第二天，也即2005年3月12日下午，当我在福建省看守所的特审室里见到刘招华后，这一切的一切都已不再是谜。

而刘招华告之我的一切，却再一次令我感到了震惊。

刘招华说，事发之前，他跟陈阿章一起住在福州的华侨大厦商谈这第一次的毒品交易。在商谈的过程中，他的家人通知他，他大哥的儿子不知什么原因死了，让他赶回去……

因孩子是死在游泳池里，大家都猜说是电击而死。而刘招华亲手为侄儿洗身装裹穿衣，他一直不信侄儿是电击而死……

侄儿死后也就一两天，他还在操持侄儿的后事，就听说陈阿章被抓了……

刘招华在跟我讲述这一细节的时候，我的心里竟闪过很宿命的一念：以刘招华的心性，他肯定要坐镇福州亲自指挥和操纵陈阿章他们的这第一次毒品交易的。而他的侄儿，也许真是在冥冥之中以死唤他回去才使他躲过命运之中的这第一劫……

刘招华向我述说的时候，嘴角一直挂着一丝笑。我其实是难以理解那笑的力量是从何而来的。

刘招华说，陈阿章被抓后，我相信陈阿章是不会把我供出来的，所以我一直很坦然地在福安处理我哥小孩的后事，可谁想过了几天，我姐刘月春的女儿又被车撞死了……

福安的小街

也就是在十天之内，我身边发生了三件大事：一是我哥儿子的死；二是我毒案案发；三是我姐女儿死。我处理完侄儿、侄女的后事后，又把前一段时间购买的制造钢锅的设备准备搭建起来，制造成钢锅。因为福安有很多的造船厂，所以，制造钢锅并不难，当我建造完六个300升容积的钢锅后，我就没有按原计划大量生产冰毒，而是一直在观望阿章案件的进展……

其实刘招华在跟我讲述这一段的时候，我的心里袭着阵阵的寒意，任晚辈亲人相继所遭的横祸，也无法阻遏刘招华制"冰"的欲念和脚步啊！制"冰"这件事，在刘招华的心里真的是可以盖过所有：亲情、爱情、友情，一切都不如制"冰"在他心中的地位……

刘招华接下去跟我说，到了1996年11月26日，陈阿章的案件开始审判，并被一审判了死刑，我还到庭上去听……听说被判了死刑后，我就担心阿章可能会把我供出来。

12月28日，阿章妻子告诉我阿章已经把我供出来了。我听到这个消息后，还以为她想敲诈我，但同时我也真的担心起来。到了1996年12月31日，我就从福安离开，带了原来做生意赚的近20万元，先是在福州铁道大厦住了两个晚上，我试着打电话到福安工厂里，但没人接。我就知道出事了。到了1997年1月2日，我就离开福州，独自一个人前往古田的雪峰寺，在寺庙里我待了5天，我之所以选择雪峰寺，是因为我父亲、我哥哥的儿子以及我姐姐女儿的骨灰都存放在这寺庙里，我在这待了5天也是想陪他们……

刘招华在雪峰寺的5天，是度生，也是度死。

他完全明白，雪峰寺，是生和死的一个转场，从此以后的岁月，他的每一天，都是从生走向那个死……

刘招华始终表白他对自己走上制"冰"这条路从未生过悔意，而我坚信，在雪峰寺，在面对还在他年少时（11岁）就离他而去的父亲的骨灰时，他泣过，也悔过……而因人生道路的错不可更，他只好一路走下去了……

他说，他这一生，惟一崇拜和崇敬的人就是父亲。

我问刘招华崇拜他父亲什么？

刘招华说，我父亲这人做人很宽容也很善良，父亲的第一个老婆跟长工通奸被父亲发现，父亲非但没有惩罚她，反而亲自为她和那长工完了婚……以后的岁月里，父亲娶了我母亲，但对那两人也一直很友善……

刘招华还告诉我说，虽然父亲离逝得早，虽然父亲并没有在他成长的岁月中给予过他什么启迪和教诲，但，儿子对父亲的崇敬和崇拜是骨血之中自然的延绵，是天性里的一种使然。他说，他之所以选择福安赛岐镇苏洋村和溪里交界处那个地方建别墅和工厂，是因为那块地原是属于祖父、祖父传给父亲、后来被共产党给没收充公了……他买回来既是为了纪念父亲，也是希望冥冥之中父亲能给他一份佑护……

我没敢跟刘招华说，乡人所言那是一片阴地……而我确实一直想知道刘招华是怎么度过童年的，因为我坚信，童年是我们人生血脉中的血脉，它对我们的成长有着潜在的影响。

当我问及刘招华童年经历的时候，他显然不愿意述说任何有关童年的往事。而办案人曾和我介绍说，刘招华的父亲去世以后，刘招华曾跟他的大哥大嫂过，他的大嫂待他挺不好的……

那么刘招华日后走上制"冰"路，赚了不少的钱，却从未给家人寄过一分一厘，是否跟童年留在心里的伤害有关？

刘招华不给我以证实。他说，其实家家都有一本难念的经，这就是生活。我不认为一个人的童年跟他的长大和日后有什么必然的联系……

我说，那你赚了那么多钱，为什么从来都不支援给家里一些呢?

刘招华说,我贩毒的钱,我干吗要给我的家人呢?他们也不需要我这样的钱……

然而,他接着却给我讲了一个与他的童年不相关的故事,他说,平潭那儿有一个郑姓男人,有三个儿子,他分别给这三个儿子起名叫郑爱国、郑爱民、郑爱党,"文化大革命"的时候,有人把他给儿子起的这三个名子连起来一读却是:爱——国——民——党。共产党说他反动,于是就被共产党给毙了!

我说,那是特定历史发生的事,你只能用历史的眼光去看待历史上已发生的事……

刘招华说,可是,巧得很,他的儿子郑爱党"严打"时也被捎上了,那时我刚当法警,郑爱党便是我执行的第一个死刑犯……

我说刘招华,其实你给我讲的故事恰恰证明一个人的成长跟童年是有关系的,假如郑爱党的父亲没有因特定历史造成的冤枉而被枪毙,郑爱党的父亲或许会把他教育成有用之材而不至走上犯罪道路……

刘招华说,我以为那就是一个人的命……

我发现刘招华是一个很喜欢诡辩的人,当他无法辩驳你时,他就用宿命来堵你。

而且,刘招华也的确宿命。

刘招华后来为自己取过八九个假名字,大部分的假名里都有个"林"或是"森"字,如陈桂森、刘林森、刘森、李森青、李青森、刘林彬、刘林权、刘林杨……

外人很难猜想得出刘招华是居于什么样的考虑对"林"和"森"字那么情有独钟，这也是警方一直猜不透的谜。而这谜底一经刘招华说透，我们便都恍然大悟。

刘招华说，这有什么难懂的，我父亲叫刘光森，我是为了纪念我父亲呐！

包括刘招华后来选择桂林作为躲藏地，也皆因"桂林"两个字里既含着"林"也含着"木"……

而阿光那天在核实刘招华一共做了几个假身份证时，他不忘诡辩地跟阿光说，哪里是假身份证，阿光，我那都是真的真身份证！你看，那都是通过你们公安机关的正当渠道办出来的……

阿光说，刘招华，你应该说，除了刘招华那一张，剩下的都是真的假身份证才准确……你一个一个地跟我说，你的这些"真的假身份证"都是通过谁办出来的？

这我可记不得了！

刘招华，你总是到关键的时候就什么都记不得了是不是？要是我阿光给你办的，你早就把我吐出来了对不对？

刘招华大笑着说，要是阿光你给我办的，我今天就不会坐到这里了……

而我从刘招华的那些带"木"或是"林"的假名字的宿命里，也仿佛窥到了刘招华虚弱处的某一点。

其实人都是虚弱的，虚弱是人性中共通的弱点。即使刘招华自始至终笑说他早把生死置之度外了，但他深谙，活着的任何一个人都无法保佑得了他，在他异常强化自己强盛的表面后面，深掩着的其实是一颗孤绝而恐惧的心魂：他也惟有将一颗孤绝的心魂寄托于阴世里的亲人，而再无任何的依托了……

1月7日，也就是福州警方直捣刘招华的"冰"工厂的那个日子，刘招华已动身前往广东普宁……

陈炳锡被带出看守所

我一直以为，有时候，人和人的相遇，就像雨水跟土地，土地跟种子，种子跟雨水浸泡过的泥土的关系一样，人心里的种子会在适宜它们生长的机遇里滋生出相默契的芽子，虽然此前它们所汲人生的风雨和所经世事的历练大不相同，但他们将各自存贮在生命体里的能量互相的加以糅合、弥补、转化、利用、再生，然后彼此长成连它们自己都难以想象出的一株和另一株极为奇异的植物……

化学上的硝酸和盐酸，其实它们分别都属很强的酸了。然而，当他们按一定比例混合到一起的时候，它们就成为最强的酸——王水。

刘招华一直致力于研究化学合成，而在普宁，他跟旧友陈炳锡的相遇，其实也像化学反应方程式中的两种奇异物质的相遇一样，彼此催生而成的竟是无人可以替代的世界头号毒枭！

制"冰"旧厂房一角

7、两个女人：李小月和陈婷，刘招华第一次逃亡生涯里的"远水"和"近渴"

依据刘招华所说，他那时到普宁后，只待了三四天，由于老家福安赛岐镇有许多人都在普宁做生意，他认为普宁于他的藏身很不安全，他便动身去了广州，由广州乘大巴到广东的海安，而后乘轮渡到海口，最后再乘车到了三亚……

在三亚澄碧如洗的蓝天白云下，没人留意日后成为大毒枭的刘招华就租住在河东区东方明珠花园左边那幢单元里。

他知道他不能再跟他的妻子吴兰取得联系，他知道警方会循着他妻子吴兰而寻到他……

在一个人躲藏的寂寞时光里，他想起了叫李小月的那个女孩……

而于李小月来说，她跟刘招华的相遇，却仿佛是一场从来也没有弄懂的梦……

李小月是福建建阳人，1974年生人。她从老家到福州完全是跟家里的一场赌气。事情由同学的一次聚会而起，在那个聚会上，有一个刚毕业不久的年轻的警察一眼就看上了她，那警察后来托人找到她的父母与她做媒，她的父母都很喜欢那个警察，并同意他们处朋友，可是，李小月对那个警察一点感觉也没有。她也知道那个警察挺好的，对她，对她的家人都好。而爱情这东西，并不是一个"好"字就可以收复一颗心……

如此，她便跟家里有了摩擦和分歧。

为了甩脱那摩擦，她只身奔了福州。

那是1996年的夏天，她到福州市温泉大饭店应聘当了服务员。

有一天，她老乡秀英过生日，邀她一起到卡拉OK厅去唱歌。她那天有事耽搁了一些时候，所以可能是秀英的朋友里到得最晚的一个。

OK厅里人挺多的，秀英的男朋友外号"色狼"很殷勤地给她一一做着介绍，她其实谁的名字也没记住。而当介绍到一个约莫30岁左右、留平头、浓眉大眼、保养得很好的男人时，"色狼"吞吐了一下说，你就叫他"刘氓"吧！

那人忙跟她笑着解释说，是"牛氓"的"氓"啊……

她一下子就被逗笑了。

第二天，秀英打电话给李小月说，昨天唱歌的人里有一个人想认识你，约你到华侨大厦吃中饭……

李小月问秀英是谁，秀英说，你来了不就知道了嘛！

第二天中午，按照约定的时间，李小月来到华侨大厦，还没进餐厅，她就看见头一天被介绍叫刘氓的那个人一边接电话，一边就匆忙得连招呼都没跟她打一下就走掉了……

李小月看见就秀英一个人坐在那里，她坐下后，秀英一个劲地往外面看，两个人左等右等的，秀英就很恼火地说，这个刘氓，怎么说请人家吃饭，却连招呼都不打一声就走了呢！他这是什么意思吗？

那一天的午饭变成了秀英请。

此后，那个叫刘氓的人就像空气般消散，无影无踪。

渐渐地，李小月就把这个叫刘氓的人给忘了。

1997年4月里的一天，姐姐接了一个电话喊她说，小月，有一个叫刘氓的人找你!

李小月对这个名字感到了一种遥远的陌生，然而，那陌生就像遇热便化的冰层，涌到她面前的记忆的水流却是那场无法忘却记忆的熟悉……

她一下子就想起了他。

她在电话里问他，怎么消失了那么久?

他说，比较忙啊!

这是叫刘氓的这个人消失了近一年后第一次给她打电话。

以后，每隔几天他都会有电话打给她……

他的声音在遥遥远远里有一种温柔的磁性和一种极具穿透力的质感，它们吸引着她。而且，他说的话，总是让一个未见过什么世面的女孩子感到无比的受用。

于李小月来说，起初，她就像一池沉静的湖水，而刘招华的电话不过就是偶尔投到她这个平静湖面上的石子，只在她的湖面上起一些小小的微波，渐渐地，石子越投越深入，深及她的心坎儿，那波澜便不再停留在湖水的表面，而是由心坎处一波一波地扩展着，仿佛永不能平复了……

后来的每一天，她都对那个声音充满期待。如果那个声音没有在她期待的时间里到来，她就会对生活和生命充满了失望。

常常，他都会在夜半里打来电话。她不知道他的电话，他没告诉过她，她也不问。在电话里，都是他聊，她听。她觉得他是那么懂得女人的心，她跟他，虽然只见过那么一次面，可是，她仿佛完全都在他的掌控之中，她愿意并依赖于他的掌控。

依赖就像新的寄生在生命里的某种瘾，令她无法割断更无法戒除。她其实对他一无所知，除了刘氓这个名字，她甚至不知道他的真名叫什么，更不知每夜给她打电话的那个人身在何处……

而就在李小月深陷在对刘招华的依恋里时，刘招华在三亚遇到了一个叫陈婷的湖南女子。也或许，李小月是他的远水，远水解不了他的近渴，他跟湖南叫陈婷的女子同居了。

1997年的11月，陈婷怀孕了。

刘招华决定让陈婷先回湖南老家新宁去生小孩，而他自己因为身上的钱也不多了，清点一下仅有两三万元，他就想重回广州，因为他知道在广州沙河一家五交化批发市场里头有很多的普宁的潮汕人，他过去经商时认识的一些朋友。同时主要的是想找几个能够合作制毒的生意人，想通过制毒赚取一些钱……

于是，他把陈婷打发回湖南后，他就一个人在广州沙河区租了一套民房，在广州住了两三个月，但始终没找到满意的合作者，到了1998年快过春节时，他从广州乘大巴赶到湖南陈婷家过春节，过完春节大约一个星期左右，他看到陈婷还要再过一个多月才生小孩，就先离开了湖南，又到广州，继续寻找合作者……

阿光是在刘招华跟他聊到这一细节的时候对刘招华感到了非常的愤怒和恼火。

他说，刘招华，你的老婆要生小孩，你他妈的怎么能够忍心将她一个人丢下不管呢？

刘招华说，怎么叫丢下，我陪着她又有什么用吗？

阿光说，告诉你刘招华，那是怀了你的小孩的女人，你怎么就一点也不知道疼爱她呢？你让她一个人独自去经受痛苦？你什么都不用做，只是默默地陪着她也是一种安慰。妈的要是我的老婆生小孩，我会从旁握住她的手，那也是助她的一臂之力，你懂不懂……

刘招华和李小月结婚照

刘招华对阿光的愤慨只抱以笑。阿光看着他那笑越加气愤。阿光说，刘招华，讲老实话，抛开制"冰"，我欣赏你在化学领域的那份钻研和聪明，可是你在做人上，你在对待老婆生孩子这件事上，我万分地恨你！

8、刘招华和谭晓林、张启生，他们都因陈炳锡这个人物的存在而彼此存在着……

大约在1998年2月的中旬，刘招华在广州沙河区的五交化批发市场遇到正在广州装修房子的陈炳锡。

陈炳锡，1955年生人，按陈炳锡自己说，他在80年代中后期由于做布匹生意赚了很多的钱，生意做得也很大，很早就完成了资本的原始积累。他跟我说这一节的时候，反复强调，他做的都是正当的合法的生意。

刘招华深知陈炳锡这个人的财力跟实力，且在普宁一带也算是呼风得风、唤雨得雨的头面人物。刘招华在陈炳锡的面前，不是应该，而是从来就是小字辈。

据刘招华说，他早在1988、1989年间就经常到普宁做烟酒生意，那时就认识了陈炳锡。而在广东省看守所见到陈炳锡时，我问他是不是早就跟刘招华认识？

陈炳锡说，你是说"小刘"啊！

我注意看他称刘招华 "小刘"的时候，脸上透出一派江湖老大的风范。

他说，我以前从不认识他。小刘是在1998年五六月间通过陆丰甲子镇的朋友"老三"介绍给我认识的……

其实他们认识的早与晚并没有什么实质的意义，我主要想弄明白，他们中，哪一个人的话里是真，哪一个人的话里是假。

而真假其实也不重要，重要的是，两个人在彼时彼地的一场相遇，就像是风和云的莫测的变幻，很难说得清在整个的变幻过程中是谁先跟谁的一拍即合……

因为后来与刘招华表面上看没有什么牵扯，而命运却有实质上彼此牵连的各号人物如谭晓林、张启生、庄顺盛、罗建光，他们都因陈炳锡这个人物的存在而彼此存在着，且在相同的时间里，风云际会在一起……

在所有人的关系里，我最关心的就是谭晓林到底跟刘招华有没有见过面？彼此是否认识？

这一点，在我见到刘招华时，得到了证实。

我问刘招华，认识谭晓林吗？

刘招华说，当然认识，见过几次面，但是我跟他没有什么深交，他是做"四号"（海洛因）生意的，我始终看不上做"四号"的！

刘招华说，大约在1998年4月的一天，在陈炳锡普宁赤水村的家里，陈炳锡跟他提说前一阵跟张启生以及一个台湾人合伙购买了1吨麻黄素，是请一个台湾人和以前由谭晓林指派的一个四川人来生产的，但是一直制造不出来，陈炳锡想请他帮忙提炼出冰毒来。

刘招华说，其实用麻黄素制"冰"不好，因为有污染，同时对麻黄素国家控制得很严，不好买……

然后，刘招华借机告诉陈炳锡他可以通过化学合成的方法来制冰毒，成本比麻黄素低而且风险小……

刘招华看到陈炳锡对他所说的既感惊讶也很有兴趣，便直告陈炳锡说，他在福安的案件就是在研究出新办法制"冰"后才发生的……

为了证实自己的本领和技能，他同意帮陈炳锡从1吨的麻黄素里提炼冰毒。

提炼和制造冰毒就在陈炳锡家一楼的停车库内进行。当时有谭晓林、张启生以及跟陈炳锡合伙的台湾人在场。

刘招华先看了谭晓林指派的那个四川人制"冰"的工艺流程图，发现上面有很多错误，他就顺手在上面加以修改，那个四川人一见刘招华修改了那张流程图好像很失面子，刘招华就自己用纸张把用麻黄素提炼成冰毒的流程写出来，跟他们一起讨论……

真正帮陈炳锡提炼麻黄素时，只有刘招华和谭晓林派来的一个人在一起操作。按刘招华的理解，谭晓林派来的人实际上是来学技术的，他花了两三个晚上就提炼出近500公斤的冰毒，提炼出来之后，他没收陈炳锡一分钱，就全部交给了陈炳锡。

按刘招华的话说，他看不上从麻黄素中提炼冰毒这种小伎俩，他期待着与陈炳锡用化学合成的方法制造冰毒。陈炳锡出资金，他出技术，要做就做大，彼此实现真正意义上的制"冰"合作。

刘招华说，谭晓林看他技术好，想邀他到缅甸，将那里尚存的3吨麻黄素也提炼成冰毒，他说他不想去缅甸，所以他拒绝了谭晓林……

3吨麻黄素对刘招华来说不具什么吸引力。

他拒绝了谭晓林还因陈炳锡通过这一次的实战已相信了他的实力。两个人开始商量如何合作的事。

刘招华和陈炳锡两个人很快商定，刘招华负责采购原配料和设备，生产制造和运输。陈炳锡负责出资金、选厂房以及销售。

按主审陈炳锡的侦查员的说法，陈炳锡这个人虽然生意做得很大，钱赚得也足够多，但骨子里其实是很农民的，在他的意识里，肥水不流外人田。选哪儿做厂址都要他付租金，所以，他最后就将厂址选在了他大舅子闲置未用的手袋厂内，因为这个手袋厂也没再开了，租金付给他大舅子比付给外人心里受用……

而日后，刘招华与陈炳锡的这第一次合作，恰恰毁在了陈炳锡这个大舅子身上……也完全由于这个大舅子的所为，他才不得不挥师宁夏重整锅灶另开张……

厂址选定后，陈炳锡出资 370 万元，刘招华便负责原配料以及设备的购买，大约花了 150 到 160 万元。

在搭建和装修厂房的间隙，刘招华再一次想起了李小月……

9、福建-普宁-福建：李小月 "浪漫"的玫瑰之旅

刘氓的电话在一段时间里不那么勤了。这令内心被激起了层层涟漪的李小月深陷在落寞和抑郁里无力自拔。她不懂那个突然消失又突然出现的男人；她也猜不透他的忽冷和忽热缘于什么。然而她的心分明被他挖走了，她把自己丢在了对他的莫名的思念里，那思念不是甜甜的，而是苦得不能再苦的味道……她挣扎在那种苦里无以解脱，她想，她必须把这个人忘掉，她也只有把这个人忘掉才能救自己回复到自我中，可是，每当她尽了最大的努力将那个刘氓从心里即将丢出去的时候，她突然觉得她丢出去的实际上是自己，刘氓一直占据在她心的一隅……

她记得1998年5月的一天，刘氓再一次打电话过来。刘氓永远不去解释他何以消失了又何以出现。她若问他，他就只说忙，她无权细究他什么，因为她不是他的什么人。她内心的苦更是不可以告诉他。

然而，她可以表达她的不悦。

可是，这一次，他没给她表达不高兴的机会，他在电话里说，我在广东，你来广东玩吧！

他连一点过渡的话都没有而是直奔主题地向她发出邀请，令她感到不知所措。

她说，我不能……

他没容她说完就说，你直接去机场，我的一个朋友会在机场大门口等你然后将机票给你……

他根本就不是跟她商量，而是连机票都买好了，他已安排好了一切，好像他对她了如指掌，好像他知道她不可能拒绝他……

李小月和刘招华

她在短暂的时间里做着激烈的思想斗争，按道理她是不应该接受他的邀请的，她跟他，仅仅见过那样的一面，仅仅是在电话里谈天说地，她对他只是有好感，只是存着某种莫名的依恋。可是，她对这个男人一无所知，隐隐的，她还对他有一种不安全感，她也说不清这种不安全感来自哪里，只是女人直觉里的一种感悟吧。然而，她又有一点点小小的私念：长这么大，除了老家，她只到过福州，中国这么大，她哪儿都没有去过。他已经买好了机票，她不去他会生气吗？他从此就再也不理她了？她能忍受他的从此不理不睬吗？如果她能忍，她也就早把他从她的心里抹掉了，答案是不能。可是，她去了会出现什么样的结果呢？她想不出来。她不知他心怀了怎样的想法，为什么会突然地邀她去广州……

她的脑子一团糟乱。只听他在电话里又说，听话好吗？你下飞机的时候，我可能抽不出身来到机场接你，但我会派人去接你的。好，就这么定了！

被关到了看守所里的李小月，在许多个晚上彻夜不能入眠，她一遍又一遍地想起当年的这一幕：是的，她的一生，就是在那样的一刻，被刘招华如此搞定了！

她抵达广州白云机场的时候，对自己如此草率的一次远行曾有过一丝的犹疑，可是，她已经踏出来了，她怎么能就此退身回返呢？

他告诉她他因有事抽不出身来接她，那么，会有谁来替他接她呢？她空空茫茫地不停地探望着，而她的眼睛一下子就被前面一大抱鲜艳欲滴的红玫瑰给吸引住了。

多么好看的红玫瑰！

她以万分艳羡的目光盯着那些红玫瑰看。而她万没想到，红玫瑰的后面，怎么会是刘氓的一张微笑的脸呢？

一定是自己产生了错觉，他待她？怎么会呢？

她笑自己的异想天开或是思念心切抑或就是恍然一梦。

待她转开目光时，她又分明感觉那并不是错觉：那的确是刘氓啊！

从小到大，没有人如此浪漫地向她表达爱情。

浪漫有时只不过是人生舞台上一个很小的细节，一句温柔体贴的话，一个并不起眼的小道具。而女人恰恰在意的不是整幕人生的波澜壮阔，她在意小得不能再小的一点点温柔体贴和一丝丝浪漫，即使那浪漫人为的痕迹有多么的重，即使浪漫是刻意摆出来的，即使那温柔体贴的话都是假意强装的，但它们都足以俘获女人的一颗芳心。而在这一点上，聪明的女人和愚钝的女人没什么区别，她们的智商陷在同等程度里仿佛弱智一般。

那个叫刘氓的人是什么人？在做什么？人品和人性怎么样？他都有怎样的成长背景？有过什么样的人生经历？他的家人都在哪儿？结过婚吗？有妻儿吗？

李小月什么都没问，什么都没有搞清楚，刘招华只跟她说过，他祖籍是福州，后来读书分配工作在三亚，户口落在三亚……她信他，且就此把自己的一生交付给了刘招华……

她和他在广州的宾馆里住了一夜。

第二天，陈炳锡的侄儿阿兴开车接他们到普宁。

李小月到普宁的时候，工厂正在进行设备的安装和搭建。刘招华只说工厂是做香料的。

李小月在普宁住了20多天，刘招华每天都要忙着厂房的搭建和装修，偶尔会陪着李小月四处转一转。有时，他也陪着她去商店逛，小月发现倘若她的目光落在某一件饰品上稍长了一会儿，即使她没有说她喜欢，也无论那件饰品价钱多么的昂贵，待她转身的工夫，他已为她买下来了……

以后，她甚至不敢再让他跟她一起去逛商店了，即使逛，眼睛再也不敢盯住什么看了。但内心，她对他待她的好，还是心存着"润物细无声"般的感念的。

她从未怀疑过他对她的好，甚而，他是对她出奇的好，他一切都依着她，顺她的心和意，在日后的生活里，他也从未

跟她发过任何一场脾气，她发脾气使小性儿的时候，他会很
宽容地笑，不跟她计较……

刘招华福安别墅后窗一角

由于他有他的事忙，而她也是请了假出来的，她就想回
家了。

回去的时候，刘招华在工厂正接新来的设备，没能去机
场送她。

回到福州的李小月却发现自己怀孕了！

10、刘招华不明白：陈炳锡的大舅子为何在他的冰毒生产中搞破坏？

那时候，工厂设备安装完毕。陈炳锡叫来15个民工，其中大部分是陈炳锡的亲戚。有一个叫罗建光的跟陈炳锡关系非同一般的好，既是陈的马仔也是陈的司机。据广东后来主审陈炳锡的侦查员说，由于陈炳锡这个人普通话说得不太好，他不太喜欢与外界打交道，包括生意上的打点以及场面上应酬各种事务的联络活动事宜，基本上是交给罗建光放手去干的。他只给罗建光在幕后以授意就行了。

那时，也只有刘招华、陈炳锡和罗建光3个人知道是在生产冰毒，其他的民工都以为是在生产香料。

民工到了之后，刘招华就开始指挥他们生产。工人们只能按照刘招华的指令去操作，不能擅自做主。

按刘招华原计划是每天生产1吨，但普宁这个地方经常停电，很浪费时间，一直是做做停停的。期间，陈炳锡香港的朋友张启生、缅甸朋友谭晓林以及谭晓林在四川的一个朋友都到普宁的这个冰毒工厂参观过。刘招华说那个四川人是谭晓林专门派来普宁向他学习如何制造合成的冰毒的，但他没有把秘方教给他。

刘招华说在普宁生产冰毒之所以不顺利还缘于陈炳锡的大舅子。

工人们都是严格地按照刘招华的工艺流程一步一步地做下来，结晶根本就不成问题。可是，不知为什么就是无法结晶。刘招华倒查的时候，发现夜里有人偷偷地往混合溶液里加了大量的水，导致一直无法结晶。这令刘招华非常生气，厂子是陈炳锡的大舅子的，也只有陈炳锡的大舅子才有厂房的钥匙，别人晚上是不可能进去的……

刘招华无论如何也想不明白陈炳锡的大舅子何以要这么干。

主审刘招华的阿光也不明白陈炳锡的大舅子为什么在刘招华和他姐夫陈炳锡的冰毒生产过程中搞破坏？

这真是局外人很难想通的一个谜。

直到我在广东采访审讯过陈炳锡大舅子的侦查员时，这个谜才算解开。

这位侦查员说，若是了解陈炳锡大舅子的人，就不难理解何以这样。陈炳锡这个大舅子比较自私，他只打他自己的小算盘，因为他姐夫和刘招华制"冰"属于租用他的厂房，要给他付租金，为了延长使用他厂房的时间，他想方设法不让冰毒生产得太顺利，制完了冰毒不用他的厂房他就没租金收了。

所以，延长了冰毒的生产过程，就等于为自己的厂房延长了使用时间，时间就是金钱啊！

或许刘招华至死可能都不会想到这一层！

本来陈炳锡在当地还是很有势力的，依靠陈炳锡在普宁的地盘和实力，刘招华要少操很多心，可是，由于陈炳锡大舅子的存在，使得刘招华萌生了日后离开普宁重新开辟一块地方制"冰"的动议……

迫使刘招华最终将"冰"工厂撤离普宁远走宁夏，还因后来在生产冰毒的过程中，工人们不小心把已生产出来的液体大约有1吨多都弄翻了，四溢的液体把工厂边上池塘里的鱼全都毒死了……

这件事在当地引起了不小的震动。大家纷纷猜测是什么东西具有这么大的毒性将鱼全部给毒死了？

刘招华也怕早晚有人会想到生产冰毒这档子事情上而坏了他刚刚开始的"大事业。"稳妥起见，他下决心将制"冰"工厂移出普宁……那时候，他想起了他的外甥女婿江振华的弟弟江荣华，当年因涉嫌伤害致死案被福安市公安局上网通缉后出逃到了宁夏银川，刘招华私下里悄悄联系江荣华替他在银川选一个停产的工厂做新的制"冰"点……

在普宁这一次生产实际上只制造了1吨多一点的冰毒，刘招华印象中共分三次结晶，每次都在三四百公斤左右。而且是每结晶完一批冰毒，陈炳锡就运走一批。陈炳锡是用一辆丰田越野车来运输的，他听陈炳锡说这些冰毒都是卖给香港的张启生。他看见张启生自己有一次也开着一辆白色的12座的面包车来运输过……

按刘招华跟陈炳锡事先约定，生产出的冰毒，在扣除了成本的基础上他跟陈炳锡两个人是对半分成利润。但由于刘招华还想做大批量，也就没有和陈炳锡去分成。陈炳锡把370万元本金收回后，再扣除每个工人发的5万元，刘招华说他也只分得50万。剩下的1千多万全部留着准备再重新投入生产……

就在刘招华准备转厂至宁夏的这个间隙，刘招华得知李小月怀孕了！

11、刘招华在同一年中结了两次婚，在游刃于三个女人之间的同时，转战宁夏建立属于他的 "冰" 世界

当李小月告诉刘招华怀孕的消息时，刘招华在电话里对李小月说，那你别上班了，把工作辞了先回家吧！然后他让李小月办了一个建行的卡，他往李小月的卡上打进6万元钱，并告诉李小月准备一下结婚的用品……

对于结婚的那个日子，刘招华向我述说的是1998年阳历的7月19日。李小月说的是阴历的五月二十五。我想，我不用去查万年历，这两个日子肯定是一个日子，在李小月记不错，在刘招华也是记不错的。

这是刘招华一生中的第二次结婚。因为虽然陈婷怀孕在先，但，我在侦查卷宗里却发现直到1999年7月刘招华才到湖南与陈婷补办了结婚登记手续，且在同年8月，刘招华以广东某公司总经理的名义与湖南新宁县政府签订了投资3000万元开发该县林业的协议。并于9月28日电汇200万元到了新宁县……

而在1998年底，刘招华到宁夏后，又通过其姐刘月春通知他的大老婆、原配夫人吴兰前往宁夏与他会合，随后，刘招华将吴兰安排在上海带小孩，并化名"关磊玲"、"胡果严"、"胡小月"等。

而几乎是在这同时，1999年1月23日，李小月在南平建阳市生下了她跟刘招华的第一个孩子……

当然这一切，无论是原配吴兰、还是湘妹子陈婷，以及

后来一直跟随着刘招华的李小月，3个女人彼此全然不知。

刘招华是在结婚的当日从普宁赶到李小月家建阳的。是李小月的姐夫开车接刘招华入的洞房。刘招华跟李小月结婚用的是刘森这个名字。结婚的当日，刘招华给李小月的妈妈5万元彩礼钱……

李小月跟刘招华在那个结婚的日子所照的结婚照，后来被做成灯箱广告张贴在照相馆所在的街两边……

结婚后，刘招华跟李小月在建阳住了半个多月，随后，刘招华带上李小月、李小月的妈妈以及李小月的姐姐和她姐姐的女儿一起去北京玩……

于李小月来说，对那样的一次北京之行并不会多想，她觉得那该算是她跟刘招华的蜜月之旅的其中之一站，因为而后，他们还去了上海……

而在刘招华，他其实是已经在为转厂宁夏做着先期的准备。江荣华给他回话说，他在银川市新区找到了一家兽药厂，这个厂有电，而且有一千多平方米，每个月租金就几千元钱……

在上海时，刘招华总是早上去办事，中午跟李小月他们一起吃个午饭。大家没有出去一起玩过，只有一次李小月感觉不舒服，刘招华才陪她出去散散步……由于刘招华在上海还要看一些设备，李小月和家人就先回了建阳……

刘招华再次回到普宁时，已是1998年的8月底。他跟陈炳锡正式商量转厂宁夏，陈炳锡表示同意。并让罗建光和5个工人都跟他去。刘招华也把在福安的李华和周杰叫到普宁，这样他们一共8个人把在普宁工厂所有的设备分三四批共10

多辆货车，从普宁运往宁夏。刘招华和罗建光先乘飞机前往银川，其他的6个人负责押运设备去银川，1998年的国庆节前，这些设备陆续运到了银川工厂后，他们大约又用了半个月的时间把所有设备都安装完毕。

有一天，在安装中，刘招华与江荣华在反应锅的上方安装时，不小心被吊车碰着了，两个人一下子就从6米高的反应锅上摔下来……

掉下来的时候江荣华压在刘招华的身上，所以江荣华什么事都没有。而刘招华头部右额眉毛处被摔开了……

刘招华到银川一家医院里缝了四十多针，至今他的右眉上还留有很明显的一道伤疤……

我记得在刘招华被通缉的日子里，我听到最多的传言，便是刘招华整了容，那个疤是整容所致……

刘招华说，我哪里会去整容啊……

刘招华说，他个人的计划是想让他生产的"冰"占领全世界，一个属于他刘招华的"冰"世界！

其实一点也不用怀疑刘招华的"冰"世界仅是他的一个妄说和妄想！

虽然在去宁夏前，他并没有跟陈炳锡商量过到底要生产多少冰毒，但，刘招华在生产前，通过银川纸箱印刷厂按200吨冰毒量一次性印造了10000个印有卷烟香料的纸箱，以备日后运输冰毒用……

200吨冰毒该是一个什么样的概念？

想来，刘招华不过是把陈炳锡投在宁夏的1100万元当做是制"冰"的一次热身……

他把制"冰"的更大的抱负和梦想寄予在宁夏之后……然而，令他意想不到的是，警方居然是在跟踪谭晓林的运毒车时，意外地拔出萝卜带出了泥……

而刘招华的再次浮出"冰"面，的确是警方的一场意外……

刘招华仔细看阿光所做的审讯笔录

李小月欲哭无泪

12、刘招华跟谭晓林、陈炳锡，彼此间就跟藤蔓一样很难说得清谁是谁的劫数……

丛林里有一些藤类，它们原本是毫不相干地散乱地生长着，于偶然中才互相地交叉在一起。交叉之后，有的会越过那交叉漫长开去，而有的，却彼此相互纠结缠绕在一起，它们牵一而扯全部，谁也逃不开谁……

刘招华应该明白他跟谭晓林、陈炳锡、张启生……其实彼此间就跟那藤蔓一样，很难说得清，谁是谁的劫数……

但刘招华对1999年11月4日的那场案发，却心存着许多的不甘和疑忌……

此前，他在宁夏的制"冰"已告结束。

他记得在1999年7月，陈炳锡的母亲去世100天后，他和陈炳锡一起在浙江普陀山做法事时，他就跟陈炳锡商量说，宁夏还有很多的冰毒没卖，是不是可以把宁夏的厂先撤掉，等货全部卖完之后，再考虑到其它地方再建厂生产……

陈炳锡当然明白制"冰"这种事是不宜在一个地方久制的，所以他表示同意。

陈炳锡并不知刘招华事先就在上海又购买了厂房，刘招华把有用的设备全部分批运往上海，也并没知会陈炳锡……

刘招华的个人野心当然不会仅止于与陈炳锡的如此合作。他或许已经开始筹谋打造他的"冰"世界了！我一直想不懂，他怎么会忽然心血来潮地在这一年的7月奔湖南与陈婷完婚？又忽然地在陈婷的家乡投资了200万元说是开发新宁县旅游项目呢？刘招华仅仅是心血来潮或是真出于对陈婷的爱的补偿？

这个谜只有刘招华一个人心知。

即使陈婷和新宁县的那一项投资在当年都是他"冰"世界的一步战略棋局，刘招华也永不会承认……

从1998年的10月到1999年的10月，按刘招华自己的话说，他一共生产了31吨冰毒，主审刘招华的阿光说，《焦点访谈》将31吨这数字播出去还是欠妥的，因为这个数字只是刘招华的一面之词……

冰毒由罗建光负责安全顺利地分期分批运抵广州，交予了陈炳锡……

刘招华是在事发的前一天，11月3日由宁夏撤回到广州的，而宁夏的制"冰"设备在他的遥控指挥下一部分已运抵上海，一部分尚在路途上……

刘招华在南国这11月的深秋里是有些志得意满的。此时挥师回广，跟当年寻求合作伙伴时的心情已是两重天地了。

有一句话叫秋后好算账。刘招华和陈炳锡一对老朋友再次聚会，当然是有得可盘可点的谈资了。依刘招华所说，若按当初的约定，利润对半分，他应该获利2亿元左右，而陈炳锡给到他手里的钱只有2700万元，而且是现金。这2700万元现金陈炳锡是在刘招华包租的广州总统大酒店818总统套房分几次给的……

而虽是在秋后，但他和陈炳锡还不到利润对半分成的时候，他知道他生产的冰毒虽然被陈炳锡卖出去一些，但大部分都被陈炳锡像地主囤积粮食一般囤积贮在某一处的仓库里……

　　刘招华对那一处仓库没有多想，就像他瞒着陈炳锡将制"冰"的设备转运到上海一样，陈炳锡也没有告诉刘招华，他正在跟张启生、谭晓林和他的拜把兄弟庄顺盛外号"普宁老二"一起做着海洛因的生意……

　　那一批海洛因是张启生通过阮亚明向"张三"购买的，而由谭晓林负责运输……张启生让陈炳锡帮助找个买主和存放的地儿，陈炳锡便找到了"普宁老二"庄顺盛，陈炳锡让庄顺盛帮忙卸海洛因并看一下海洛因质量怎样，若质量可以，价格又不贵的话，就让庄顺盛买下来。依据后来庄顺盛的交代，陈炳锡的意见是将这批货先接下来存放在仓库里，也好往低里压价，如果张启生不将海洛因卖他，也可以赚些工钱，另外还可收笔租放费……

　　陈炳锡的此一念，使我想起他的大舅子为了延长租厂房的时间而不惜夜半偷偷潜进车间里往正在结晶的冰毒里掺水那个细节……

　　两个人，骨子里是如出一辙：均是为图小利而不惜毁"大事"啊……

13、11月3日，极具戏剧性人生的一个晚上

11月3日的那个晚上，其实是陈炳锡、刘招华、张启生和罗建光几个人极具戏剧性人生的一个晚上。他们边吃饭边聊天……

那个晚上，他们想到了第二天的被抓吗？

第二天离他们太近，他们都不想让好日子结束得那么匆忙……

但，他们绝对想到了以后的某一个日子他们都会被抓。

每一个人都有一场属于自己的宿命。

因为那一个日子是未知的，所以他们对那样一个潜在的日子并不以为然。他们或许是开玩笑地说起：假如有一天，大家被抓了，面对审讯，咱们一定要口径一致地说，咱们的"冰"，都是卖到国外的，咱们的行为，都是"爱国"的行为……

否则的话，我真难以理解我在不同的时间、地点分别见到刘招华和张启生，他们竟然说出了口径很一致的荒唐辩解。

我在采访刘招华的时候，刘招华有一句话让我记忆深刻，他解释说他的制"冰"行为就像"民族英雄"一般。他制的"冰"都是贩到国外的，比如某国和某国。他说，过去他们侵略我们，我现在是以我个人的方式在进行反击……

而后，我在广东省看守所见到张启生，张启生说他并没有贩卖海洛因，他也并不是逃跑，他是多么的"爱国"，他曾经替警察义务打进敌人的内部用自己的方式行侦探的职责……

张启生说的话令我感到万分糊涂，后来，侦查员告诉我，张启生在事发后逃到泰国，想到自己损失惨重，便一直想追

查到失手的原因，他所说的替警察打进敌人的内部行侦探的职指的是他三去缅甸追查责任在谁，想获得一些赔偿……

张启生在接受记者采访

我想，谁都不可以拿着人生开玩笑的。谁拿人生开玩笑，人生就会把那个玩笑原封不动地返还给他……

他们聊完天，张启生提议玩会麻将。张启生提议打麻将的时候，陈炳锡、张启生和罗建光都已经知道谭晓林指使的悬挂着云G01439车牌的藏有海洛因的大货车已停进了广州白云区槎头镇广花公路附近的穗源停车场……

麻将玩到当晚12点。结束后，刘招华、陈炳锡和罗建光就开始一起核对制毒数量和账目……刘招华说，当时他将从银川每批发回到广州的冰毒量清清楚楚地记在一张总统大酒店的信纸上交给陈炳锡，罗建光也看了看，3个人都确认了共从银川运回了31吨冰毒……

而接下来，刘招华想听听陈炳锡将冰毒到底卖了多少钱。可就在问题到了关键处，陈炳锡的女朋友一直打电话催他走，陈炳锡没来得及告诉刘招华就先走了……

陈炳锡说，明天再说……

陈炳锡说这话的时候当然并不知那辆藏有海洛因的大货车一直就在警方的监视之中……

他们有所不知的还有：他们都是没有明天的人……

14、一扇门的开合和关闭，不早也不晚，刚好被一双目光赶上

那个路段依然繁复，旧有的一切都已被时光覆盖，而我站在那里的时候，齐孟元向我讲述的那一切，立即便从时光的覆盖里闪现出来，它们像一幕又一幕的电影，让我感受当年他们心中的紧张、焦虑和一场接着一场的意外和震惊……

一辆东风货车穿行在群山峻岭中。司机看上去也就二十五六岁的年纪，他一直目力集中地朝前赶路，时而也从后视镜中查看一下身后有无车辆跟踪。

这是10月末的南方，天空清澈、湛蓝、晴好。南方空气中常常凝有的湿、潮和溽热，仿佛都被深秋里这爽色的风给滤去了。

这样的山路上，每天都会行走着许许多多模样相似的货车。同向的或是逆向的……

它们在云朵洒下的阴影里穿梭前行或是交错而过。像云朵一样快地在群山的视线里隐没或是消逝……谁也来不及辨别一辆车和另一辆车的区别，一张面孔和另一张面孔的各异……

秘密往往藏在我们无法辨别的相同和相异里。

第二天，一辆红岩货车再次行走在与东风货车完全相同的线路上……

两辆车同属于一个雇主：缅甸木姐头号毒枭谭晓林。其中东风货车藏毒249件、184.32公斤；红岩货车藏毒163件、119.2公斤……

这已是警方和谭晓林的第三、第四回合的较量了。

1999 年 7 月 28 日，云南边防总队便接到报案，缅甸毒枭谭晓林要运输大量的毒品海洛因到广东。谭晓林的运输特点是"先运输小量毒品探路，成功后再大宗贩毒"。接报后国家公安部禁毒、边防和行动技术局专门成立了以禁毒局陈存仪副局长为组长的"7·28"专案协调组。

陈存仪副局长在多年侦破重特大毒品案件的实践中，不断研究和总结贩毒案件的规律特点。他发现，按照常规做法实施控制下交付，往往只抓到接货的马仔，还可能因其"主观不明知"及诸多客观原因而处理不了，如不采取策略上的突破，缉毒侦查的路将越走越窄。为了成功侦破"7·28"案件，实现部领导"抓毒枭、摧网络"的要求，从坚持实事求是的思想路线出发，陈存仪副局长在研究该案的经营方案时提出了"抓大放小，顺线延伸，打毒枭，摧网络"的新的案侦指导思想和策略。

对此，公安部副部长和禁毒局杨凤瑞局长都给予充分的肯定。根据这一指导思想，"7·28"专案组精心组织，严密监控，深入经营，大胆尝试"抓大放小，顺线延伸"……

1999 年 9 月 25 日，境外毒枭谭晓林指使小 A 安排约 77 公斤海洛因入境，该批毒品被境内毒贩在广州接货后就地转移和分销，10 月 4 日，陈副局长决定适时抓捕广州毒贩的下家，当时有的同志提出不同意见，认为境外拟入境的大批毒品还没来，不宜打草惊蛇，陈副局长指出，对境外毒贩来说，货物顺利到广州并交出去，他就对货物不担其他责任，打广州的下家并不会使境内外毒枭怀疑负责长途运输的环节而影响下一步交易，反而对我们进一步查清案情有利，陈存仪还指出，"抓大放小"是相对的，"放小"的目的是为了"抓大"，就是暂时放弃小马仔、小量的毒品和毒资，查获大的毒枭、大量的毒品和毒资，这是要根据条件而定的。经过陈存仪副局长的说明，同志们更加深入理解了"抓大放小"的相对性和实际操作的灵活性。因此，专案组于10月4日下午在广州东方宾馆抓获四川籍犯罪嫌疑人2名，广东籍犯罪嫌疑人1名，缴获毒资398万元。案侦工作首次取得战果，极大地鼓舞了参战干警的士气。而且正如陈副局长所分析判断的，境外毒枭谭晓林并没有停止再次运毒。

10月8日，他又请小A安排运送第二批货……

10月28、29日，谭晓林先后又发出两辆运毒货车……

两辆运毒车一路都在警方的全线跟踪控制之下前行着。而当东风货车行至广东普宁时，谭晓林忽然接到当地接货的毒贩的电话，那毒贩说，你的车被跟踪了！

谭晓林说，怎么会呢？你报一下跟着咱们车的车牌号！

毒贩报的车牌号，恰是正在执行跟踪的外线的车牌号。

原来，当地毒贩在车还没进入普宁界时就提前派出三辆车沿途观察，反跟踪到了警方的跟踪车辆。

警方外线跟踪的那辆车同时也发现了毒贩反跟踪的车辆，外线紧急请示专案指挥，决定放弃跟踪前行撤出，而由专案指挥部重新秘密调度又一辆车继续执行外线跟踪任务……

当地毒贩发现那辆跟踪的车辆在视线里消逝不见了，才派人从司机手里接过东风货车。司机交接后按照谭的旨意需即刻返回。所谓的控制下交付也便到此无法再行控制。这就给新接手的外线跟踪带来很大的困难。下一刻，以及下一刻的下一刻，货车会往哪里走？对外线侦查员来说，只能被动地跟进，且不能跟丢了！

然而，狡猾的毒贩已然心有戒备，他们不相信那辆跟踪的车真的放弃了，一辆车放弃了，会不会还有第二辆？这是毒贩子内心放不下的疑虑。在毒贩的暗中指挥下，那辆东风货车一直七拐八绕，至晚间，车子开进了普宁市池尾镇的一个村子，跟踪的外线是广州人，不熟悉普宁的地理环境，外线看到那辆大货车开到一个村子里，也只好尾随着跟进，外线不知，那恰是毒贩阴险狡诈的巧妙试探：那条路，是一条路的尽头，村庄的一个死角，死路一条。只有跟踪的车辆才会尾随着一同进到死角里……而据此便可断定跟进来的车一定就是警方的盯梢了。

司机在毒贩的暗示下弃车而逃……

这第三回合的棋局表面上看似乎是警方败北了。而陈存仪并不以为毒贩真正探到了警方的虚实，他说不排除弃车也是毒贩的一种试探。毒贩虽狡诈，但贪欲使得他们总会对即将到手的暴利心怀侥幸，他们在历经了众多的磨折后，是不会轻易言弃的，弃了这一回，还有下一回，这一回处理不好，就惊了下一回，也许，下一回，就是警方等了又等的战机……

所以，根据专案指挥部的命令，跟踪的外线掉转车头出了死角，任那辆东风货车弃在那里。

或许，毒贩就在某一个黑暗处死死地盯着那辆弃车，警方对弃车采取的任何行动也都在毒贩的盯视中，任何的不慎都可能导致全局的崩盘……

就在东风货车被丢弃在死角里的时候，另一辆红岩车在广西途中出现故障。长途货运，车子出故障是常有的事儿，然而，如果由于汽车出故障不能按照约定的时间抵达交货地点按时交货，接货人便会心生疑虑，转念就可能临时取消交接。另外，境外毒枭通常都会使出"杀手锏"，要求运货人要按约定时间出境。运货人如能及时出境，即证明"安全"，不能及时出境，即等于"出事"。按警方对谭晓林的了解和整个案件脉络的把握，案子进入到关键的对峙中，形势对警方十分不利，因为周旋的成败或许就在此一举了。货车几经修理，却仍然以20迈的速度行进着，时间一分一秒的流逝，寸秒寸金，战机稍纵即逝，陈存仪副局长跟专案指挥部的同志们紧急商议安排一辆大型平板汽车将故障车辆整车运到广州指定的交接地点。

寻找大型平板车费尽周折。寻到平板车后又假意地跟司机讨价还价，虽然说花再大的代价也要成行，但，还不能让平板车司机生疑，所以，最后敲定1万元的拖车费。讲好价之后司机只同意白天行路，而24小时马不停蹄时间都已很紧迫了。要求司机24小时马不停蹄，司机说再加价，又加1万！

11月3日晚，悬挂着云G·01439车牌的红岩货车脱离开平板拖车仍以20迈的速度缓缓驶进了广州市白云区槎头镇广花公路附近的穗源停车场。

按照事先的约定，司机将车钥匙塞放在汽车的排气筒里。

紧接着，在警方的控制下，司机及时出境。给境内外毒贩造成一个错觉，使他们弄不清哪里出了问题，却都以为运输这一环节是没问题的……

11月4日上午7点钟，罗建光和张三的手下"肥仔"乘坐出租车前往广花公路穗源停车场，将藏有海洛因的大货车开到广汕公路独立一号路段，与等候他们的庄顺盛汇合，庄顺盛开着一辆丰田吉普车紧随在大货车后面进入天河区广油公路旁那个藏毒仓库……

　　当年藏毒的仓库已经不复存在了。附近工地上施工的人说那一排平房早被拆掉了！

　　我当然不是为了寻找当年的那个仓库来的，我是来寻找留在时空里的那一双锐不可当的目光……

　　其实那双目光，自始至终都是紧盯着出来又进去，进去又出来的两个人的……空气里凝着万分的紧急，因为那样一双目光必须要在紧急和短暂里分析和判断出出击的最佳时机的……也就在那同时，几乎是在即将行动的那么一刹那，那双眼睛的余光于不经意中透过那辆越野车略高出车身的车门的上沿，感觉另一间屋子的门好像是开了一下……在人的大脑异常紧张、神经弦绷到不能再绷的紧张程度里，那个屋门开合的小小细节，就像云彩于瞬间投下的一个阴影？转逝一切都复原了……

　　也或许是由紧张产生的一个错觉？

　　当包围的脚步比目光还要快地投入战斗中时，那不经意的一眼自然比云彩隐去的还要快……

　　当人赃俱获的时候，那一双目光也是在一个瞬间里，又捕获到了只有猎人捕到想捕的猎物时才有的一种新鲜和刺激。

　　更确切地说，那双目光是捕到了令他一辈子都不能忘怀的另一双目光：被抓获的两个人跪在地上，其中的一个人抬起头来，那眼神既有凶光、不服气的感觉；又是在罪证面前不能不低头、不想认账又不能不认账，所以后悔所以无奈所以懊丧啊……然而那里面还夹杂了满心满腹的耿耿于怀……

当一双目光面对了这样一双目光的时候，多少的辛苦都不算是白辛苦啊。

另一双目光里，分明于瞬间集中诠释出了生命的大起大落、人性层面中极其复杂的心理变幻：那变幻中有风霜雪雨、雷鸣、电闪……

还有什么比看到敌手的目光如此的绝望如此的复杂更过瘾的事情啊！

庄顺盛不知玩味他目光里复杂情态的那个人正是"7·28"专案协调指挥者、公安部禁毒局副局长陈存仪。

陈存仪看见庄顺盛的那一副表情时感觉周身舒坦啊。他觉得自己完全沉在享受的乐趣里。那是工作着的乐趣。经过了多少个日日夜夜跟敌手的斗智斗勇、峰回路转，人赃俱获，不但有108.85公斤的海洛因，还查获到一批冰毒，那冰毒大概有330公斤，装在十几个写有酒石酸的纸箱里……

搞案子的人盼的就是这样一种人赃俱获的结果。

当面对着这样一个结果的时候，陈存仪觉得这种工作着的乐趣是任何的金钱、荣誉都替代不了的。

他指着那些海洛因问庄顺盛，这是什么？自己说？

庄顺盛声音低到不能再低地说，海洛因……

当陈存仪的目光飘离开庄顺盛，又是于不经意间扫过另一间屋门时，他怎么感觉他曾经看到过的那扇门的开合不知在什么时候被什么人给关闭了！

飘浮于我们眼前的任何细小的微尘，它们的飘浮都不是无缘无故的，它们皆是有道理的。

陈存仪虽然并不知一个门的开合和关闭这两个小细节，为什么会那么突兀地显示给他，但多年侦查生涯里养成的习惯不容他放过任何的哪怕微小到不能再微小的细节……

曾经开过的房门现在是关着的，陈存仪就觉得这间房子很可疑。这间房子有名堂。那名堂在陈存仪想来起码是跟抓住的这两个人有些关联……

既然他心存了某种莫名的疑虑，那么打开来看一看，倘若什么也没有，无碍无妨，心里的疑虑不就解了。

所以他在现场指着那间房子说，这间房子一定要打开来看一看。

库房的门是锁着的。

管钥匙的出去了，什么时候回来不知道……

陈存仪说没有钥匙不是理由，我是亲眼看见这个门开过一下，事关这么大的案子，多一分钟也不能等，砸锁吧……

陈存仪下令砸锁。

门上挂着两把锁。陈存仪说，都砸掉，如果房子里没有什么，我赔这两把锁……

锁被砸开了。

门在锁砸开的瞬间也被推开了！

涌进屋子里的人全都惊呆了：满满一屋子的纸箱上，都写着酒石酸的字样。纸箱子从平地一直码到房顶。那些箱子，跟刚刚从另一个屋子里查获的装有 330 公斤冰毒的纸箱一模一样！

陈存仪简直有些不相信自己的眼睛。将就近位置的纸箱打开来一看，黑色的塑料包装，每包 2 公斤……

还是有些不信。让侦查员爬到最顶上打开一箱，再打开一箱……

完完全全一模一样！

将房间各个角落的纸箱抽样打开来，再看：都是冰毒！

每一个在现场的人都万分地震惊！因为此前，几百公斤的冰毒就是全国大案了。无论是国内还是国外，现场查获 1 吨以上的成品冰毒实是罕见。粗算一下，这一屋子共有 554 箱，得有 11 吨多！

在向公安部领导报告之前，时任广东省公安厅副厅长的郑少东非常冷静地叫省厅搞毒品化验的技术部门派人过来进行一下现场检验……

鉴定的结果确是冰毒。

陈存仪在确切的结果出来后，马上拨通了公安部禁毒局局长杨凤瑞的电话向他正式报告说，案子我们破了，现场查获毒品海洛因 100 多公斤，另外在另一间屋子里又发现了冰毒 11 吨多……

陈存仪尽量使自己报告的语气略显平静。

"再说一遍？"杨凤瑞局长一定是以为陈存仪说错了，或是自己听错了，所以他让陈存仪再说一遍！

陈存仪说，确实是 11 吨多，而且已经经过化验，我是完全有把握才向你报告！

彼时彼刻，刘招华就躺在总统大酒店他包租的 818 房间里……

广东缴获的冰毒

他不知道一扇门的开合和关闭，就像白天和黑夜间潜藏着的那一道缝隙，它们微妙而又短促。怎么可能刚好被一双目光捉住？

世间一切事情的发生，都仿佛暗含着人生的某种密宗：一扇门的开合和关闭，不早也不晚，刚好被一双目光赶上，刚好就在缝隙的来去间被捉到。

刘招华是个很信命的人。而他到最终也不会明白一双目光竟是他人生的又一场宿命：其实，使他第二次浮出"冰"面的不是谭晓林，不是张启生，也不是陈炳锡，而是那双敏锐且极富洞察力和穿透力、卓尔不凡、仿佛神助一般的目光……

一双目光，足以改变刘招华生命的白天和黑夜，使之陷进永黑！

从那个时候起，刘招华和刘招华的名字一直就在这一双目光的关切中，刘招华一天不归案，这一双目光就一天也无法归于平静……

15、11月4日下午4点多，刘招华和陈炳锡这一对老搭档从此就各奔东西了……

我在刘招华曾住过的818房间门口站定。隐隐地听见房间里有音乐的声音流出来……

长长的回廊上一个人也没有。我站在那里的时候竟有些怯和虚……

一道平淡无奇的门，隔过多许的密不透风的人生……

11月4日的那个上午，刘招华醒着。按事先的约定，10点30分左右，罗建光应该开着那辆宝马车来接他。然而，当他躺到11点30分的时候，罗建光还没有来。他感到有一丝诧异，那一丝的诧异也仅仅是微尘在浮光里的那么一闪，他其实是全没往心里去的。他打电话给罗建光，第一次没人接，他又打了一次，还是没人接……

警觉就像一条惊湿冰凉的蛇，它们一下子掠过他的身体和大脑：出事了！

他打电话给陈炳锡，还没等他问，陈炳锡就告诉他说，罗建光出事了，你赶快到东海大酒店来吧……

陈炳锡在东海大酒店正在吃午饭。

刘招华坐下来跟陈炳锡一起吃饭的时候，问怎么出的事，陈炳锡便很模糊地告诉他说，是罗建光在运冰毒过程中被抓……

刘招华说当时他真的以为是他的冰毒事发。后来，在逃亡中，他才通过报纸和电视知道是因为陈炳锡偷藏谭晓林运过来的海洛因事发牵出冰毒并牵连到他……

假如陈炳锡没有将那一批海洛因跟他的冰毒混放在一起，他兴许会安然无恙？以陈炳锡的老奸巨滑，却犯了如此致命的幼稚错误，实在是令刘招华心有不甘啊！

然而，没有什么是可以假设的，一切都是命运的使然。

刘招华在陈炳锡去厕所的间隙赶紧打电话给李华，让李华不要把正押着的那车货运往上海了，他让李华直接拉到福建建阳，然后在武夷山他为李小月买的别墅那儿汇合……

李华的车当时刚到郑州。他通知完李华后，想到自己的东西全在总统大酒店，就赶紧让那4个民工跟着他回总统大酒店去拿行李，到酒店上电梯时，他发现身边有几个人很像便衣，而且他们也是去8楼的，于是他和4个民工出了电梯就往楼口走，而那几个便衣直接冲向他的818房间……

他给4个民工每人2000元钱并跟他们说都别待在家里，各自逃吧。然后，他又回到东海酒店跟陈炳锡继续吃饭……

下午4点多钟，刘招华和陈炳锡才商量着准备各自逃跑……由于钱都在总统大酒店818房的密码箱里，大概总共有20万的样子，而他出来时匆忙间忘记带钱了，所以就跟陈炳锡提出要十多万元跑路费……

陈炳锡说你等我一会儿，然后就出去了。

过了半个小时后，陈炳锡回来，给了刘招华1万元钱。

陈炳锡说，我身上也就2万元，咱们一人一半吧。同时陈炳锡还给了刘招华两张电话卡，以及一张名片大小的硬纸片，上面写有他手上13张手机卡的号以及在背面写有一个分子式和一组数字，那个分子式表示在香港银行的账号，里面存着贩毒挣来的钱……

双方约定，一旦有机会联系上再商量以后的事……

11月4日下午4点多钟，刘招华和陈炳锡这一对老搭档从此就各奔东西了……

我在818房门口转身欲离去的时候，回身看见一个女服务员正用疑惑的目光打量着我，我的目光跳过她，看见她身后的墙上，那枚小方形的监控镜头正对着我和这长长的回廊……

广东省公安厅刑侦局政委齐孟元

现任广东省公安厅刑侦局政委的齐孟元说，事后，他们从那个监控的录像里找见了刘招华逃走时的影像……他说，当年，如果到总统大酒店执行任务的警察是个经验丰富的老同志，就不会直扑刘招华住的那个房间……

其实只需把住酒店的所有出入口，人员一律只许进不许出，然后再从容地去搜捕，刘招华肯定就不会有第二次脱逃的机会……

事隔好几年了，当"7·28"案已圆满画上了句号，齐孟元仍不无遗憾地说，可惜，那天执行任务的是一个新同志……

齐孟元的另一句话回荡在我的耳边。他说，无论多么成功的案子都存着遗憾，都需要不断地反思……

这句话让我心怀感动……

这时，只听女服员问我，请问你找谁？

我笑着跟女服务员说，我不找谁，我只是看看……

然后我坐电梯下楼。

一个人站在电梯里，忽然怀疑刘招华说的在电梯里遇便衣的那个细节：会那么恰巧吗？还是刘招华编了一个故事给我听？

但我相信，即使是真的跟刘招华同乘这一个电梯上下，当时当地，警察也不是先知先觉，哪里就一定能认出这一个就是日后"众里寻他千百度"的头号大毒枭刘招华呢？！

然而，在全城警察戒备森严盘查的当日，刘招华是怎么逃出广州的？这一直是广东警方心里的一个谜……

16、刘招华居然骑车逃出广州城……

刘招华分析当时的广州城已经全城戒严了。

他步行走在街上，果然看到了陡增的警力。警察对过往的各种车辆开始进行盘查，那盘查很严很密……大公共、小公共、出租车、私家车、公车、连同拉货的汽车都逃不掉被检查……

以车代步是危险的。他肯定不能选择坐车逃跑。

而步行其实也很危险。一个人的步行，又如果你是外地人，如果一眼被警察盯住，嫌疑也很大，一旦受到盘查，连跑都来不及……

在中国的任何一座城市里，自行车流永远浩浩荡荡。骑自行车的人往往是城市人流里最自然的一族，他们看上去就像是这城市深居简出的居家男人和女人……惟有骑自行车的人才能从容坦然地穿过一层又一层的盘查……

他也只有钻警察这一个检查的遗漏和空白了。

刘招华说，他是在总统大酒店附近的商店里买了一辆自行车，然后，装做当地人一样，从容地骑车出城……

一路上他都能看见警察设卡检查，但没人盘查过他……他花了近3个小时骑出了城外，并给李小月打电话让她预约把银行卡上的钱全部取出来……

李小月在电话里问他出了什么事，刘招华说等他回到武夷山再说。

当天下午李小月就向农业银行和建设银行分别预约取钱，晚上去了他舅舅周进财、周源财家借他们的身份证开户。

第二天李小月又叫上她的姐姐李小梅，坐上由她姐夫开的车到农业银行和建设银行总共取了 300 多万元……建阳这两家银行都没钱可以取了，李小月就把周进财、周源财的身份证交给李小梅，由李小梅到建阳兴业银行开了户并把 300 万的钱存入到周进财和周源财的名下……由于建阳银行没有钱可以取了，李小月又和武夷山市农业银行联系，当武夷山农业银行告之可以取 120 万，她就又和她姐夫从建阳赶到武夷山，取出了 120 万，这钱她没有再存入银行，而是就留在武夷山的别墅里……

刘招华给李小月打完电话后就包了一部出租车直接到厦门，在厦门又乘出租车到武夷山的别墅……

那幢别墅是 1999 年春节过后不久购买的，平时就是李小月和女儿住，刘招华一共也没有住过几次……

李小月说，她跟刘招华结婚以后，年节刘招华都回来。每隔一两个月差不多也回来一次，而两人在一起的时间加起来恐怕也不超过两个月……

两个人真正到一起还是从 1999 年逃亡生涯开始……

她记得刘招华是在 11 月 5 日凌晨回到武夷山别墅的。李小月问刘招华究竟出了什么事，刘招华只告诉李小月是由于税务方面出了事，让她别多问。

白天，刘招华又跟她一起在农行里取了 100 万……

6 日的晚上，李华押着银川开过来的一部大货、一部小货、一部工具车到了武夷山。刘招华又押着装有包装毒品的几千个纸箱的货车到了建阳，将一部分东西藏匿到李小月姐夫的亲戚家里……

打发走银川的车和人后，刘招华又回到武夷山，并让李小月将女儿寄放到她妈家……

李小月一说起女儿就泪水涟涟的。那一年女儿还不到一岁，幼小的婴儿是多么的需要妈妈又是多么的孤独无助啊。可是，刘招华不让她带着一起走……

李小月跟女儿这一别就从此再也没能见过女儿的面……

我那天在看守所见李小月的时候，正赶上她老家南平公安局的警方来提审她，她可怜巴巴地问他们她的女儿可好？

警察说，没有妈妈陪的小孩怎么会好？你知道不知道，你的女儿两岁的时候整天盼着能见到妈妈，整天就趴到窗台上去望妈妈是不是回来了，有一天，小孩子不慎就从二楼窗台上摔下去了……

我看见李小月紧揪着自己的前胸襟腾地就站了起来，急急地问，我女儿怎么样了？摔坏了吧？

警察说，当时腿摔坏了，幸好后来没有留下残疾……

李小月的眼泪哗地一下子就涌出来……

我问李小月，女儿今年都 7 岁了，从来没有想过回去看看她？

李小月哭得更凶了，她说，我想，每天都想，可是，我不敢回啊……

李小月在跟刘招华逃跑的最初的确是不知道刘招华所犯是何事。她把女儿寄放到妈妈家后，便于 11 月的 8 日晚跟着刘招华以及李华开着从银川押回来的五十铃小货车，直接到上海。在上海他们只待了三天时间，三天当中，刘招华用农行的金穗卡在上海各家农行又取了大约 300 万，取足了钱之后，他们 3 个人和在上海等候他们的刘招华的表弟周杰（即丁智文）、周芳（丁永芳）夫妻俩一共 5 个人一起乘大巴到了青岛……

刘招华　　　　　郭荣塘　　　　　周杰

李小月　　　　　李华　　　　　周杰妻

刘招华及其同伙

17、蛰伏青岛的日子

按照刘招华所说，他之所以选择青岛是因为那里以前没有他的踪迹，警方不会把重点放在青岛……

他们 5 个人在青岛四川路水产码头附近租了一套民房，共是三室一厅，李华住一间，刘招华和李小月与周杰、周芳两对夫妇各住一间，5 个人就这样在青岛安顿下来。

然后，他们承包了十个福利彩票点，开始经营彩票。按刘招华说，他们经营的彩票实际上都是亏本的，但也因购买彩票中过一回头奖，大概刨去各种税什么的，剩到手的还有40 万……

这期间，刘招华经常前往某大学请教生物系的老师，学习有关天然产物的知识……

有一天，刘招华跟李华用家乡话说话的时候，李小月隐隐地听到了"冰毒"二字，想到这样的一场逃跑，莫非就是跟冰毒有关？她一下子紧张起来，可是，她觉得刘招华好好的一个人，怎么可能跟冰毒有关呢？她努力使自己不往这方面怀疑刘招华。而且，她思念女儿，常常夜里做噩梦，噩梦里女儿总是出现在各种各样的令她揪心揪肺的凶险中……而醒来以后，她看着躺在自己身边的刘招华，又陷进新的犹疑和不安中，她努力安慰自己，他不会的，他那么聪明的一个人，怎么会去做那种事呢？

而她了解他吗？在她不在他身边的时候，他都在做什么？她一无所知。

如果他真的做了呢？她能怎么样？

她不能没有丈夫，她的女儿也不能没有爸爸……

女人，或许最终都会陷进跟李小月同样的思维的俗套里，她们往往是宁愿把命搭进去，宁愿糊涂着跟着一块赴死，也舍不得哪怕是在情感里去做一次大义灭"亲"的事体……

除非让她们知道她们的感情受到了欺骗……而真若有这一层，真正到让她们知道，一切都已不可更改无可救药，就像人生的最后……

幸好，李小月不是一个思想复杂的女人，她想不懂的事情就不没完没了地想下去了，反正刘招华对她挺好，她也真的爱刘招华，因为刘招华是她生命中的惟一，也是全部……

2000年10月，刘招华和李华先期离开青岛去了桂林。

李小月记得刘招华跟她说，青岛是北方，不好生活，桂林是南方，事业也容易发展……

而刘招华跟主审他的阿光说，2000年广西桂林撤地建市，当时有很多好政策，加上国家鼓励西部大开发，所以他就决定挥师前往桂林……

刘招华说过好几次"挥师"这个词，细细琢磨，刘招华这个人其实挺虚荣的，他一直努力把各种各样正面的词语借给自己用……

客观上来说，久在北方的这一个城市待着，也容易暴露自己，另外，更重要的一层其实是江荣华已在桂林打好前站并站稳了脚跟……

刘招华到桂林后购买了漓江花园185号别墅。

李小月和周杰、周芳3个人于11月份全部从青岛移到桂林……

刘招华在桂林的别墅漓江花园

18、桂林，最后一场梦

2001年初，刘招华在桂林市工商局注册了桂林市森森生物科技有限公司，然后他以该公司的名义在桂林龙胜县免费承包了3万亩的荒地，用于培植红豆杉育苗……

到了2002年，他又与桂林市国旅合作注册了一家桂林森森生物工程有限公司，并以该公司的名义承包了临桂县凤凰林场2.4万亩土地，承包金600万。他用这块土地培植青钱柳育苗……

到桂林后，李小月再次怀孕，并于2002年10月14日又生育了一个男孩。之后，李小月便一心一意在家带小孩……

后来，刘招华又以森森生物工程有限公司的名义花了40万元在凤凰林场附近购买了一个岩洞，说是准备用于研究洋葱素……

李小月看到刘招华在桂林把精力都花在培植红豆杉、青钱柳及研究洋葱素上了，她的心里开始有了一份踏实……

生活能够就这样继续下去该有多好！

而其实她完全不了解刘招华的所思所想，于刘招华来讲，他怎么可能就此安心地生活下去？没有什么比制"冰"更暴利，所以他所做的一切不过都是为他的日后重操旧业所做的种种铺垫……制"冰"在他的眼里便是生命中的一项伟大的"事业"了，在他眼里，没有什么事业比他这项事业更为冒险和充满刺激，为此，他的命不早就搁置在这里边了吗？做一吨是搁置，做十吨是搁置，做一百吨不也是同一条命的搁置吗？做到顶头，不过是一条命。

刘招华说自 1999 年 11 月之后就再没有沾过毒品的主要原因是，陈炳锡他们的案件还未完全审结，他自己一直在密切关注……

而李小月哪里能懂得刘招华的心机？

我揣度刘招华或许看上的正是李小月头脑的一份简单和情感的好掌控吧？我也怀疑刘招华对李小月是否有真爱……

在我看来，就被刘招华交叉在自己生命同一时空里的三个女人而言，李小月或许是命运最为悲惨的一个……

我曾经问刘招华对生命中的这三个老婆怀有怎样一份感情。刘招华听后发出一声深笑，我从那一声深笑里其实已经找到了我想要的答案。但我还是想听从他口里说出的话。

他说，我对我生命中的这三个老婆，大老婆是我最喜欢的；二老婆是我最疼的；三老婆是我最爱的……

这些话听起来实在动听，然而，却全无一点真情。

其实刘招华对化学合成的研究和制"冰"的爱远超过生命中的三个女人，女人可以不带在身边，但是，化学的书籍却是不可以不带的，即使是在最后的逃亡时光里，与他枕畔相伴的仍是《精细化学品及中间体手册》（上、下卷）……

而女人，不过是刘招华生命里的一场又一场的利用……

比较起来，或许他对吴兰还是心怀过真爱的，因为吴兰毕竟是他尚在纯情年华里的初恋，假若他不遇到台湾人，假如他后来没有走上制"冰"的路，或许他们会是很幸福的一对……

吴兰幸福过吗？我不怀疑她曾经幸福过。然而，1996 年以后，刘招华所给予她的便是一场又一场的"人去楼空"……

先是赛岐苏洋镇，而后是上海，她先后担任过两幢别墅里的女主人……

作为苏洋镇那幢别墅里的女主人，吴兰是不知也是无辜的……

而上海呢？作为大老婆的吴兰，在被弃置了两年多以后的1998年底，再次被刘招华想起来，刘招华通过其姐刘春华让吴兰在宁夏与他汇合，而后刘招华在上海买了别墅和厂房，安排吴兰在上海带儿子，并化名"关磊玲"、"胡果严"、"胡小月"……

如果不是"7·28"案发，上海便是继宁夏之后，刘招华制"冰"的第二个战场了……

那么对"上海的吴兰"的一场安排便不仅仅是刘招华的心知肚明……

吴兰在上海的楼屋里期待过刘招华吗？

上海，不知该算是吴兰的一场什么样的期待？

倘若仅仅是"人去楼空"也就罢了。如果说第一次冰毒的事发刘招华毁了她弟弟吴晓东一生的前程：因涉"冰"，吴晓东后来被判刑……而这一次，"7·28"案发时，吴兰受刘招华指使，将上海住处的有关涉案资料销毁并潜往江苏无锡……

那时候，刘招华和吴兰的儿子一直寄宿在无锡的一所私立学校上学。这所私立学校是一所"贵族"学校，位于市郊大浮乡，周围是农田。他们的儿子在该校一年级读书，生活起居由一名女班主任和两名生活教师负责。"7·28"案发后，警方为了循线追踪刘招华，曾秘密安排了一位女警化装进入学校……

女警以实习老师的身份住进了学校。

11日中午，有一名女子悄悄走进刘招华儿子的寝室，女人看了看熟睡中的孩子，然后在其枕边放下一沓人民币……

待女人转身欲走时，化装的女警遂以负责小孩子生活起居老师的身份，主动上前与女人搭讪，经近身辨认，确认这位经过打扮的女子正是主犯刘招华之妻吴兰……

女警不动声色，在吴兰离开后，立即将此消息通知了外线民警。

吴兰走出校门后即乘出租车驶向无锡市区。她好像意识到有人跟踪，便有意多转了几圈，下车进入人流密集的无锡商业大厦和心族百货商店买了一身新衣服穿上，还戴了披肩假发，但她始终没有逃脱侦查人员的眼睛。

下午17时10分，侦查人员发现吴兰前往常州方向后，当即与常州缉毒部门取得联系。常州警方迅速调集力量"接站"。

18时15分，快客驶入常州市长途汽车站。

吴兰先是步行兜圈子，接着打的经新民路、新丰街驶向市中心，然后又突然驶向市郊……

当吴兰乘坐的出租车驶到郊外时，在外线无法继续跟踪的情况下，警方对吴兰实施了抓捕……

事后警方感慨，连刘招华的老婆都是如此的"训练有素"啊！

我想，那也该算是一个女人生命里所经历的惊涛骇浪了，那样的往昔，于任何女人来讲都是不堪回首的啊！

如今的吴兰独身一人心系佛门只求皈依……

而她的风烛残年的老父老母，却因这一双儿女的陷和误，再也看不见生活的明和亮了！

跟吴兰比起来，陈婷便算是幸运的了，她是不是仅是刘招华于海南躲藏的空闲时光里的一场寂寞的填充？萍水相逢的两个人，彼此是否真的擦出过灵与肉的火花？陈婷是否知道当他把她送回老家生养小孩子的日子里，刘招华正在建阳李小月的家里入赘为婿？而她想没想过，刘招华何以在1999年的8月，忽然心血来潮地以广东某公司总经理的名义与她家乡湖南新宁县政府签订了投资 3000万元开发该县林业的协议，并于 9 月 28 日电汇 200 万元到了新宁县……

刘招华汇钱的日子，宁夏的制"冰"已经收尾……

当然，即使刘招华也把这一场投资作为日后上海制"冰"结束后的又一处制"冰"基地，一切都因"7·28"的案发而告中止……

所以刘招华的最疼和最爱该算是陈婷了，他害她没有太惨太深，没有让她遭受牢狱之苦，这真是刘招华对陈婷这个女人的手下留情！

而比起吴兰和陈婷，李小月真的是最感自我惨痛和绝望的一个……

她无法忘记刘招华从桂林出逃的那个日子，2004年11月24日……

19、夫妻本是同林鸟，大难来时各自飞

当然这个日子，也是刘招华的不能忘怀……

这一天的下午4点半钟，刘招华在桂林江荣华的红云烟酒店里看中央新闻频道时，突然发现公安部正召开新闻发布会在全国通缉他，而且是悬赏20万要抓他同时还有其他4个人，但他不认识那另4个人，所以也没留意他们的姓名。刘招华说他看过新闻后，心里并不是太慌张，因为自己也总感觉这一天迟早会来……

看完新闻后，他就把在店里的江荣华叫到里屋，跟江荣华说了他被通缉的事，江荣华听后很紧张，刘招华劝他不要惊慌。他自己一直查看其他电视新闻，看是否还有播放。他看新闻的时候，江荣华很紧张，进进出出的，生怕有警察来抓他们……

到了当天下午5点半，他和江荣华以及店里的服务员一起吃完晚饭后，便又躲在屋里看电视，且不让服务员进去。

《焦点访谈》当晚一直都在播关于通缉他的事，看完这个节目后，他就一个人先离开了江荣华的红云烟酒店，走路到他的公司，他打电话让李华、周杰和李小月他们都在家里等他，然后开着公司的大迪车直接回到漓江花园185号。

到家时，李华、周杰、周芳、李小月以及他的小儿子都在，他告诉他们他出了一点事，李小月问他出了什么事，他说你不要多问，然后他拿了身份证和户口本，把李华、周杰叫出去，一起坐上他的车，直开到江荣华的店里。

在车上时，他告诉李华、周杰有关他被通缉的事，两个

人听后非常紧张，特别是周杰，一句话都说不上来。

到了江荣华的店里后，他把他自己的手机、200元钱以及一张字条留在店里交给一个服务员，他告诉那个服务员李小月第二天上午会来拿……

然后，他让江荣华也一起上车，几个人一起开车到江荣华租住的地方——秀峰区信义路一幢楼屋里，刘招华再次打开了电视……

刘招华同案犯李华（左一）郭荣塘（中）周杰（右一）在桂林

当晚很多台都在播报通缉他的事。4个人一直看到25日凌晨2点多，才边看边聊边商量，刘招华说他个人的意思是不想拖累他们，大家最好是各逃各的。但因为李华未婚，且身上也没钱，所以刘招华问李华愿不愿意跟他走，李华说愿意。这样，他就让李华跟着他，周杰跟着江荣华，4个人分成两个组走……

大家商量两个组自己想办法出逃，也不要问对方去哪里……

4个人在25号凌晨4点多一起出逃，并在阳朔分手……

刘招华说，出逃的时候，他身上仅有800元钱，加上留给李小月的200元共1000元钱，都是临走时从江荣华的店里借的……

李小月说，刘招华拿了身份证和户口本走了之后，她就再也没有见到他……刘招华只是在晚上11点多钟打过一个电话，说过几天他就回来，让她照顾好儿子，并叫她到红云烟酒店拿一部手机和电话卡……

刘招华是不是如此就跟李小月告了别？李华有供说，刘招华回到漓江花园185号别墅后，曾跟李小月单独谈过半个小时话……

主审阿光曾试图了解这半个小时刘招华都跟李小月说了什么，那或许便是生离死别的人有关后事的某种交代？而问及刘招华时，刘招华坚持说他没有跟李小月有过半个小时的谈话……

问及李小月，李小月也避讳谈她跟刘招华有过半个小时的谈话，她在警方的审讯笔录上有过两次不同的回答记录，一说她是在别墅门口与刘招华匆匆见了一面，刘拿了身份证和户口本便走了……另一次的说法是，刘招华让她在屋子里等他，他回来让她给找身份证，因为孩子哭闹，他自己找出来然后拿着就走了……

那单独的半个小时是否存在过？刘招华是否真有人生的某些重大托给李小月？抑或就是李华的记忆有误？

如果他们真的有爱，我但愿他们真有过一个生离死别单独在一起的半个小时，因为半个小时之后，不管一个人的人生和另一个人的人生是怎么聚的，他们都将从此散去……

那散，便是永远的散了……

李小月说，25日早上她买了一份当地的《南国早报》，才知道公安机关在通缉刘招华……

然后，她和儿子在外吃饭，又发现家的附近有很多当地警察……

她身上除了手镯、戒指和一块劳力士表什么都没带，但她不敢再回去……

她去了江荣华的"红云烟酒店"，取了刘招华留给她的钱、手机和纸条，她把手机卡装到手机里试了一下才知道那张卡是刘招华在桂林用的……

她其实对刘招华把自己的手机留给她是怀有过一丝犹疑的，但她没有往深里想，正所谓"夫妻本是同林鸟，大难来时各自飞"啊！她想刘招华自顾自地飞了就不会再回来，她便和周芳（真名丁永芳——丁智文的妻子）各带着孩子乘当晚9时20分的客车逃往深圳，并在周芳弟弟的帮助下，在深圳制作了一张名为"陈小云"的假身份证。

去一个宾馆住下后，李小月去街上买东西时因钱太少怕不够用，就到一家当铺把手镯和金戒指当掉了。

手镯是纯白金的，买的时候花了5000元。黄金戒指面上带有好看的波浪图案，是她很喜欢的。它们曾经系结着她的"婚姻"和"幸福"，她原以为它们是一场实实在在，现在，它们竟是这般的离她而去……

两样东西一共当了4500元钱。后来周芳的弟弟又带她到了另一当铺，把劳力士手表也当掉了，当了3万块钱……

那块劳力士表是那年她生女儿，刘招华托陈炳锡花十万元钱从香港买回来送给她的……当时一共买回来两块，她跟刘招华各一块……

当时的他们肯定没有想到，两块那么贵重的劳力士最终都是以很低贱的价格跌进被当掉的命运……

27日下午，李小月和周芳从深圳乘大客车逃回福鼎（28日凌晨5时许到达）……

李小月说之所以选择福鼎，是因为周芳建议说去福鼎离福安比较近，先到福鼎看一下，如果没什么情况，然后再去福安……

而其实我一直猜测这不是一场毫无目的的逃离。在李小月，刘招华可能真的无所交代，她确实是不知道的。而刘招华很可能跟周杰有过什么交代，表面上他跟李小月是"各自飞了"，而其实，周芳引领着李小月回福鼎，难道不是刘招华在桂林临逃走时的一种托付吗？因为即使他全然不怜惜李小月，可是，他还有一个一直跟着他长的可爱的小儿子。虽然他口口声声地表达"儿孙自有儿孙福"，然而那毕竟也是他的骨血的一个延绵，我根本不以为刘招华是他表面所表现出来的那一份冷血……因为福鼎离福安是很近的，倘若李小月有应付不了的事体，那个孩子就可以被就近送回福安赛岐镇老家……那里，还有他的亲人们……他太明白他的亲人们，无论他最终怎么样，他们是不会拒绝抚养他的儿子的……

　　果然，她们在福鼎的公寓里住下没两天，孩子就生病了。孩子烧得小脸红红的、蔫蔫的、一副可怜巴巴的小样子。李小月心疼不已，却又不敢带孩子去医院看病……

　　她偷偷去街上的小药店买了一些药给孩子吃，但烧还是退不下来。她真的不知小孩子跟着她还将遭受什么样的罪，她也不能就这么让一个小孩子硬挺着啊！她就想回福安找刘招华的家人帮她照顾小孩……

　　她动身去福安的时候，周芳带着小孩跟她别过便走了，她不知周芳去了哪里……

　　而我更以为，当周芳确知了李小月将投奔刘招华的老家时，似乎她此行的任务业已完成，那么，她跟周杰事先是否有约定？我一点也不相信周杰就任周芳带着自己的小孩无着无落地游走着……

　　他们，应该是有某种约定的！

20、李小月鼓足勇气更压低了声音问：就是那个大毒枭，他的家是几号？

赛岐镇前进街 85 号，就是刘招华的家了。

一条古旧古旧的街巷，细窄且深长。

抬首望天，天空仿佛是被那离得很近的两侧房屋给挤压成一道窄的缝隙……

刘招华便是在这窄的天空的缝隙里度过童年、少年和有限的青春时光的……

街邻的房屋也都是紧紧地挨着且高低错落着，木楼梯是后来搭建的，高高的，转好几个弯，一格一格地攀，一格一格地发出木质的回响，抬眼还可看见瓦灰瓦灰的屋顶上偶或有那么一两只呆鸟的孤立；远近的天空里，是交错盘缠着的电线和电线杆的林立，香火的香便是这时丝丝缕缕地飘荡开来，弥漫在空气中……原来中堂的过厅里都摆着香供着观音……

走着走着，一转身，天就黑下来了……

记不得爬了三层还是四层，在最北边的一个门口站定，推门而入，屋子比外面还显黑。我的身后，《经济半小时》的摄像师将机头上的灯突然间的亮开，屋子的黑一下子就被驱散了。小孩子的哭声便从床的一隅锐利而又揪心地发出来：不要，不要开灯，关上灯吧！关上……

那个小孩子就是刘招华的尚不满三岁的小儿子。

坐在被窝里紧紧拥着小孩子的女人就是刘招华的姐姐刘春华。

小孩子玉白玉白的小脸，因为大声的哭便又涨起一层红晕出来，小孩子哭得很伤心伤气，间杂着不断的咳声，但他的小手紧紧地搂着刘春华的脖颈，将小脸亲亲地贴在刘春华胸前，那个小小的人儿知道除了把他丢到这儿的妈妈，姑姑就是他惟一可以倚靠的亲人啊……

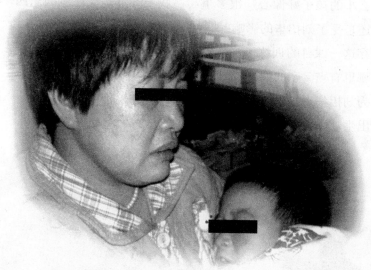

刘招华姐姐与小儿子

小孩子的哭声令人心躁。事前，《经济半小时》的编导小周托我代为提问一下刘招华的姐姐，我不忍心开口问话，我甚至希望摄像师阿才赶紧关闭那盏灯，让小孩子不再哭下去……

灯一关，小孩子立时就安静了。然而当我跟刘春华，我们一问一答开始说话的时候，那小孩子便又一边哭着一边去捂刘春华的嘴说，不要说，不要说……

我心里的惊立时盖过了伤悲和怜悯，那么小的一个小孩子，害怕光，害怕亮，害怕说出口的话……

　　甚至刘春华在跟我说话的时候顺手开开灯，小孩子也不能忍受，他复又哭起来，从刘春华的怀里挣出小手，欲将灯关掉……

　　我将灯帮他关了，他又很安静地躺进刘春华的怀里。那么小的孩子好像心知很多事……我不知那是天性里的东西，还是受了刘招华的影响？我甚至怀疑小孩子也受了刘招华生存这一课目的训练，当然这念头一冒出来就被立时否定了，哪里有当父亲的如此残酷？刘招华的舐犊情深还是有的。因为刘招华还是最深爱这个小儿子的，只有这个小孩子是从一出生就跟着他成长……

刘招华和小儿子在桂林的家中

　　李小月告诉我说，小孩子也最亲刘招华，家里有一个座儿，平常谁坐都没关系，但，只要刘招华一回家，小孩子就会把别人拉起来，让他的爸爸坐在那儿，他幸福快乐地坐在爸爸的腿上……

在他小小的心里，他的爸爸至高无上……

然而，一下子，小孩子不知发生了什么，他再也看不见了他的爸爸和妈妈……

无论他们做了什么，他们，都是他小小生命里的全部亲人啊……

李小月从来没到过刘招华的老家。她抱着生病的小儿子站在街上的时候，是踌躇了又踌躇的……后来，她在一个棉花店门口站定，小心而又低声地问小店的主人，刘招华的家在哪儿住？她以为刘招华这名字一定会把人家吓坏了。

可是，棉花店的主人却摇摇头，脸上显出对这个名字的陌生和茫然，李小月哪里知道，倘若她问"曹弟"家在哪儿，棉花店的主人是一定知道的，"刘招华"这大号打小的时候街上几乎就没人叫过……

看着孩子烧得呼吸急促，李小月不想让她的探问扩大给更多的人，多一个人知道她的打探，她跟孩子便多一份不安全感……所以，她再一次鼓足勇气更压低了声音问人家，就是那个大毒枭，他的家是几号？

那人恍然明白她要找谁了。他用手一指说，85号，就是大毒枭的家！现在是他的姐姐刘春华住……

躺在李小月怀里的小孩子听得懂"大毒枭"这个词吗？

他并不知"大毒枭"跟他有什么关系吧？

我但愿小孩子在那样的一刻是睡熟了。我但愿这人生的一幕别像种子掉落在他幼小的心田里、并在他的记忆里经年地长大……

李小月不敢走近85号。她前后左右地看着街上的行人，深怕碰上警察……

街上行人稀落，她看见远处有一个像是外地模样的妇女，她便走过去，求那妇女帮她把这个小孩子送到85号交给一个叫刘春华的人，看她不肯，便塞给她100元钱……

接过100元钱的妇女这才肯接小孩子。

孩子从李小月手中脱离出去的时候，她的泪哗哗地淌下来。孩子自出生还从未离开过她啊！她也未离开过小儿子！

妇女抱着她的小孩子一步一步地远离了她，她真的是万箭般穿心啊！

可是，她不能再抱回她的小孩，她的小孩在发烧，她相信刘招华的姐姐会善待这个从未谋过面的小侄儿……

她是确认了小孩子确已交给了刘春华才肯离去的……

然而，她再无别的去处，就到赛岐镇一家旅馆住下来。

可是她的心里无时无刻不牵念着儿子，她知道她去见儿子是危险的，警察或许随时随地都会将她抓走……

但想念儿子压倒了一切。

最终，她又回到了前进街85号，跟儿子，跟刘招华的姐姐刘春华住到一起……

21、李小月是在被押到福建省看守所时，在大门口见到也被抓获的刘招华的……

刘春华是知道弟弟刘招华的再次被通缉的，而且是全国范围的悬赏通缉。通缉令贴满了大街小巷……警察也曾来问过有关弟弟刘招华的情况，李小月若常住下去肯定会出事，所以她对李小月说，你把儿子留到我这儿，你到我女儿刘冰冰的家里去躲藏一段吧……

平日里，邻居们经常到刘春华家打麻将。2005年1月中旬的一天，刘春华跟邻居围坐在一起打麻将的时候，警察又来了。

那一天，赶上她手气极衰，小孩子在里屋不停地哭闹，恰再赶上警察上门，她的心情糟到不能再糟。

不知是警察循着麻将声进来的，还是寻到小孩子的哭声，抑或就是顺便再次探问有没有她弟弟刘招华的消息……反正警察进屋后就对小孩子的哭声很感兴趣，警察问，谁的小孩子在哭？

她正没好气，听见问，就像吃了枪药，脱口便说，你们不是老来找大毒枭吗，他就是大毒枭的儿子！

日后，刘春华绝对地为她的这一句脱口而出而深感后悔。

而即使当时她不说，邻居们也全心照不宣，总有一天有人会说出去的，她对自己，对她的弟弟刘招华，对刘招华的这一个孩子，陷到如此的境地是又心疼又气恼又无可奈何，甚至连找一个发泄的孔道都没有。那一天，她竟把警察当做了发泄的孔道：因为她也烦透了警察……

　　警察把她跟孩子都带到了公安局，问她是谁把孩子送回来的，她说是一个陌生的女人。警察说陌生女人给你送一个孩子回来，你怎么就能确定这孩子就是刘招华的孩子呢？

　　刘春华说，这个小孩子长得跟刘招华小时候简直是一模一样，问都不要问，只要看一眼就知道肯定是刘招华的儿子！

　　警察并没有逼着她说出李小月，警察也没有逼问她更多的什么，她当然不能告诉李小月就在她女儿家躲着呢，警察只是做了一份笔录就放她跟孩子走了……

　　刘春华一回到家就赶紧给女儿刘冰冰打了电话，告诉女儿公安局已传唤了她，如果李小月再住在那儿恐怕也得出事，不如让在霞浦上班的女婿阮锦平将李小月接到霞浦……

　　霞浦那里还没有贴通缉令。李小月说她在阮锦平那里住了大约五六天，阮锦平因怕受连累便暗示她搬走……

　　她上街去买菜的时候，看到霞浦环岛大酒店贴有招工广告，她就以"陈小云"的名字去应聘，因为以前就是做酒店的服务员，所以一应聘就被聘上了。

　　1月25日，她就搬到环岛大酒店职工宿舍里去住……

　　李小月当然不会知道，在霞浦的街上，在她住地的附近，在她上班的酒店周围，还有她经过的早点小摊旁，正有一双又一双眼睛盯视着她……

　　还有许许多多的夜晚，她睡着了的时候，那一双又一双值夜班的眼睛都是醒着的，他们哪里敢让她在他们的视线里消失不见了啊……

　　直到3月5日她被抓……

她也不知她是跟刘招华在同一时间被抓的。她是在被押到福建省看守所时，在大门口见到也被抓获的刘招华的……

他们不远不近地站在彼此的视线里……

在被警察带开的时候，她回头良久地想多看一眼她用整个青春情怀爱着的这个男人，她爱他的帅气，爱他的幽默，爱他对她的关爱和体贴，还爱他过人的聪敏和智慧……如果他没有制"冰"，该有多好……

爱他，所以跟定他。爱有时是全无理智全无道理全无是非的……

所以在最初的审讯里，她仍是抱着保护她爱的那个男人的心，不肯多说什么……

审讯她的女警察林妙，也跟着阿光一起审讯了刘招华。她实在看不过李小月被刘招华一直以来蒙在鼓里的那份痴和傻，所以她决定要把刘招华真实的一部分揭开来给李小月看。

22、死都不怕的女人却看不开欺骗啊！

林妙说，李小月，你知不知道刘招华为什么把自己的手机卡号交给你？

李小月摇摇头。

林妙说，你想不想听刘招华是怎么说的？

李小月是不是预感到生命里建立已久的某些东西将被撕裂或是摧毁？她怕那种撕裂和摧毁！所以李小月看着林妙没有点头也没有摇头……

"刘招华说，'我把我自己的电话留给李小月主要是担心公安机关会跟踪我，留给她，公安机关顶多能找到李小月而找不到我……'"

李小月就像遭到了五雷轰顶，她腾地就站了起来！她实在难以承受内心的某种撕裂和破碎啊！

在逃跑的当时，她对刘招华给她留下的那部手机是存有过一丝丝疑虑的，只是，她不愿往深处和不好的方面去想刘招华……她只想到"夫妻本是同林鸟，大难来时各自飞"这一层，她哪里能想到刘招华为了保全自己而不惜把她往冰里火里推啊！

她想不通他怎么能忍心将她当做替他引开警方视线的诱饵呢？

他真的就是那么想的吗？还是仅仅是跟警方的一个托辞？一个玩笑？

然而她转念一想，刘招华这么做也有他的道理，因为，即使警方抓到她，顶多也就是判她几年，而刘招华被抓便是必死无疑。她是他的妻子，刘招华除了牺牲她保全他逃出一死，还能选择谁可以做出牺牲呢？

不知是林妙看出了李小月的某种动摇，还是女人对女人直觉里的一层深透的了悟，她装做无意地跟旁边的人说起刘招华的第二个老婆陈婷和陈婷的小孩……

李小月真是从一场五雷轰顶复又陷进另一场五雷轰顶！

她如坠五里雾中迷惑不解地问林妙：你是说，刘招华另有两个老婆？

她只知道刘招华结过一次婚。刘招华从来没有说过他有两个老婆且还有另外的孩子……

林妙说，其实按说，你是刘招华的第二个老婆，而那个叫陈婷的女的才是刘招华的第三个老婆，因为我看他们结婚的登记是在1999年7月份，比你跟刘招华晚登记一年，但是他们怀的小孩子倒是比你早了半年……

她以为的爱原来竟是一场欺骗！女人为了爱是可以不惜一切跟着她的所爱去赴死的，死都不怕的女人却看不开欺骗啊！她尤其无以为忍的是那个女人的小孩子跟她怀的小孩子时间上离得那么近……

她想不通她把一切都交付给了刘招华，刘招华为什么要这样骗她呢？

既然他跟那个女的认识和怀孕在先，为什么逃跑的时候不带着那个女的而是选择了她？

他应该告诉她那个女人的存在，她若知道她决不会跟着他走……

刘招华是明白自己最后的结局和命运的。他也明白跟着他的女人的最后的结局和命运……

那么，这结局和命运，刘招华在认识她之初就给定了她！

她陷在如此的惨痛和孤绝里也是刘招华给定的啊！

面对这惨痛和孤绝真不如让她去面对死啊……

可是，她还有一双儿女：这尘世之中惟有的牵挂却让她无法求死……

我在离开刘春华家的时候拍了那个小孩子的照片。

我知道李小月想她的小儿子。我在看守所里见到李小月的时候，隔着一层铁栏杆，将数码相机打开来给她看她的小儿子的照片。她的眼睛红肿红肿，一双目光满怀了对儿子牵肠挂肚的爱和思念，她站立着，隔着冰凉的铁栏杆将头贴近了又贴近了机身看她的小儿子。她泪眼汪汪地说，他在哭！是不是还在生病啊？还烧不烧？有没有好一些？

我的心里升腾着对一个春华已逝女子的全部同情和悲怜。李小月是长得很受看的女子，弯弯的眉，眼眸是那种水杏般的，含着温情和柔弱，含着孤独和无助……也含着对刘招华全部的恨和绝望……然而那眼波里又分明含着对自己那一双更孤独无助儿女的万千的牵挂和不舍……我看见她的泪线一样的掉下来，我想说一些安慰的话，可是，我不知什么样的话还可安慰一颗已破碎了的心……

她可怜巴巴地不肯离开儿子的照片。

那一天，李小月跟我聊了许多，无论是聊跟刘招华的初识还是结婚以及最后的逃跑，她都显得很平静，而惟有说到刘招华对她隐瞒了的女人和孩子时，她便失声而又失态地哭泣不止……

那是刘招华留在一个女人心里的抹也抹不掉的伤痛……

我小心地问李小月，假如你再见到刘招华，你会……

我的话还没有问完，李小月已将泪凝成了恨，她说，如果再见到他，我真想拿刀杀了他……

我知道这是李小月恨到极点的气话。当一个女人还深怀了对一个男人的大恨的时候，无论如何皆因还有爱在……

因为无爱才能无恨……

查获的制毒用的化学试纸

23、李华之所以愿意跟着刘招华一起逃，除了身上没有钱这个原因外，他觉得刘招华万一能逃出去，逃过这一劫呢……

我不知我是不是该深切地同情一直跟随着刘招华的李华。

李华的真名叫郭锐荣，父母都已去世，他有两个哥哥两个姐姐，他是老小，打小就跟刘招华住一条街上且相隔不远：赛岐镇前进路 48 号。

一条街上，相隔不远的门牌号，却隔着许多相去甚远的人生……

除了小时候家境的苦以外，李华和刘招华实在是没有任何一点点的共同……他没有念过几年书，他对自己的一生所想不多，就是能找到一个安稳的工作，能吃上三顿饱饭……

他最早给刘招华打工就是苏洋镇那幢别墅的装修以及工厂的搭建……刘招华称他小弟，虽然工钱所付很少，但管他一日三餐，他就很知足了……

后来，他跟随着刘招华去广东、去宁夏、去青岛、去桂林……刘招华让他做什么他就做什么，仿佛生来他就是为了跟随着刘招华的。刘招华于他就仿佛有一个强大的不可违逆的场，对于刘招华让他所做的一切，他就像一只听话的牛，从没有违拗过……直到桂林的这最后一场逃亡……

当刘招华把自己被全国悬赏通缉的消息告诉他、并问他愿意不愿意跟着一起逃跑的时候，他没有回答愿意也没有回答不愿意，因为他本能地心生了恐慌和害怕……在那样的一刻里，本能告诉他跟着刘招华是危险的！

可是，如果不跟着，他往哪里走？最重要的是，他身上根本就没有钱。这许多年里，刘招华虽然挣了许多钱，他虽然很荣光地跟着这么有钱的"大老板"，但刘招华每个月也仅付他几百块钱的工钱……好在吃住都是刘招华管，他花钱的地方也不多，最重要的是，刘招华一直就很关护地称他为小弟，他以为这样的生活就不错了……

所以当刘招华第二次问他愿意不愿意跟着一起逃跑的时候，他回答刘招华说愿意。

李华说，他之所以动摇了并愿意跟着刘招华一起逃跑除了身上没有钱这一个原因外，还有一层就是，他怀抱了侥幸的心理，他觉得刘招华万一能逃出去，逃过这一劫呢……

当江荣华和周杰在阳朔与他们分手之后，他跟刘招华则驾车原路返回，并在一个路边小店购买了300多元的方便面、火腿肠、饼干等干粮和矿泉水……路过一个加油站的时候，刘招华让李华加满汽油……25日白天，李华和刘招华一直都待在车上，主要在桂林雁山一带走走停停。

在车上，刘招华一直考虑到底去哪里……

刘招华其实是想过开车直接奔向云南的……由于通缉令的播报和颁发已过了十个多小时，各个路上都会设卡检查，从时间上算来不及也不敢离开桂林……

最后刘招华想起在临桂县五通镇山上有一个雷达站，雷达站那儿是个废弃多年的山洞，倒不失为一个逃匿的好去处……

26日凌晨两三点，他们开车到达雷达站后，将车上的衣服、干粮等搬进山洞。为干扰警方的视线、制造已经逃离桂林的假象，刘招华又让李华连夜将车开到桂林火车站、汽车站附近的铁西路上丢弃，再把钥匙丢在路边，按刘招华所说，这样公安机关如果发现这部车，就会以为他们乘火车或公共汽车离开了桂林。

李华照刘招华的意思将车开到铁西路，并在车上睡到中午，将车丢弃后，乘坐客车到五通镇，并在当日下午 3 时回到雷达站，跟刘招华开始了在山洞里的躲藏生涯……

李华知道通缉，知道悬赏，知道刘招华确切躲藏的地方，李华实在是有立功赎罪的机会以改变自己的命运……许许多多的局外人都能想到的一层，李华却想都不敢想……

李华从来就没有想过自己的命运就掌握在自己的手里！

刘招华也是参透了李华性情里的这一份怯懦和愚忠的，这也是他放心地把李华带在身边的缘由……

而且就李华来讲，他跟着刘招华这么多年，就像树叶对树脉天然的一种依赖，他早把自己视做那树脉的一部分，他实际上已经不愿意离开刘招华了……

但是，求生的这一欲望的本能却无时无刻不在折磨着他。

他不想被抓，更不想死，他才三十几岁，他牵挂着连告别都没有来得及的恋人……那个女孩子就是附近村子里的，女孩子待他很好，没钱的时候，女孩子就把身上的钱偷偷塞给他……村子里当时因为女孩子跟一个大老板的马仔好，很被村人说三道四过，他们是真心地相爱，所以那说三道四也便无法动摇两颗已将爱结在一起的心，甚至，女孩子早已把身心全交给了他……他想过要和他的恋人结婚生子过独立而又幸福的生活……

可是，现在，一切全完了。一直以来，他从未告诉女孩子他的真实身份，他觉得他对不起那个女孩，当那个女孩知道他和他的老板都是什么人后，会恨他的！

因为他欺骗了她！

在暗黑的山洞里，他跟刘招华，谁也看不清谁。他们也很少说话。刘招华一向就跟他没什么话可说的，他本来就嘴拙话少。他知道他跟刘招华根本就不在一种说话的层次上。

他们之间更多的时候都是保持着沉默。

在山洞里，他们用山洞里淌滴着的山泉水浸泡方便面，有时就那么干食，然后喝山泉水润润肠胃……

他也不得不佩服刘招华生死逃亡里的一份坦然。刘招华吃得饱睡得着。

他听着刘招华睡得很沉很沉的鼾声，夜夜难以入眠……关于在山洞里躲藏的这一节，刘招华曾笑着夸说自己会在偶尔的夜晚，走出山洞，看看天空上的星星和月亮……

难得刘招华能在逃亡的这般艰难境地里尚怀着一颗浪漫的心！

我不是不信，而只是为了求证，所以见到李华时我首先问他，刘招华是不是曾经走出洞子去看过星星和月亮……

李华说，哪里敢走到洞外，那个山洞离附近的村庄并没有多远，偶尔会有村人路过，也会有小孩子钻到山洞里来耍，走出去很容易被发现的……就是解手，也都是在洞内，洞子很深很大，解手的时候，尽量走得离住的地方远一点罢了……

虽然有李华的证词，但在山洞枯燥乏味的躲藏里，刘招华一定梦过外面天空上那自由的星辰……所以我是原谅了他的夸说的！

而当他还炫耀说，他在离开山洞时用砖头块在洞壁上写有"刘招华到此一游"的字样时，我是深怀了不信的，我问他为什么要写那样的一排字，他说不过是跟警方开一个玩笑罢了。

李华

结果是广西警方在找到那个洞后，竟真的发现有那样一排字在……

可见刘招华所说的话，真真假假，假假真真，有时真是令人真假难辨……

然而许多的事实并不会因刻意的隐瞒就不会被发现……

24、福安街尾27号住进了两名可疑的男子

刘招华自以为自己就像深海里的一尾鱼，他是秘密而又不为人知地潜游进福安市街尾27号的……

那一天是2005年2月8日，旧历除夕……

然而，他忘记了一点，无论他潜得有多深，只要他游动，他就必将在他所游历的水域里搅动起哪怕最为细微的波痕……

而任何细微的波痕都可能成为他的一场致命。

因为除了一张细细密密的网罩着所有的水面，还有垂钓者在深深浅浅里布满了钩和饵……

于福建警方来说，刘招华的潜回，就像一尾鱼在深处的不知和不自觉中触碰到了专为他而下的鱼钩……垂钓者往往跟一条即将咬钩的鱼存着某种直觉里的先验：垂钓者是先于鱼的咬钩而感觉到了一条鱼的秘密潜入……

只是隔着混混浊浊的水，一时尚无法辨得清那鱼是不是就是警方要网的那一条大鱼……

这种时候，谁也不敢下令在不确定里就撒网捕鱼……

因为警方在最初仅知道福安街尾27号住进了两名可疑的男子。但到底是不是刘招华？谁也没有亲眼看见。

刚刚调任福建省缉毒总队任总队长的傅是杰心上就像沉放了万千的压力。公安部公开通缉悬赏刘招华之后，福建省公安厅相当重视，早在1997年刘招华第一次冰毒事发，福州警方就发布了通缉令……

因刘招华又是福安人，所以比起全国其它省份，福建警方对这一次公安部的公开通缉和悬赏及在全国范围内展开对

刘招华的缉捕工作更为重视。继公安部通缉悬赏的新闻发布会之后，福建警方再次召开新闻发布会，会上公布，如果群众向福建省公安机关举报，在福建将刘招华抓获，福建警方在公安部悬赏金额的基础上再加20万奖金……紧接着，福建省公安厅在全省禁毒部门内建立了"追逃"联络员制度，确保信息交流畅通无阻。"追逃"专案组在福州、宁德、福安、南平、建阳等地，对刘招华的家人以及主要社会关系人进行严密监控，全面开展调查工作，精心收集刘招华的指纹、照片等基础资料，为甄别身份工作做好准备……

胡玥在新闻发布会现场

对刘招华是否会逃回福建，傅是杰跟专案组成员是有过反复的研究和分析判断的，刘招华这个人由于过去当过边防警和法警，他是了解警察的探案思路的，而且又由于这个人自视过高，自作聪明。他一直以为自己智力高人一筹，能斗

过整个社会和公安部门，他有可能循着"最危险的地方最安全"这个思路潜回福安老家的……

李小月在宁德霞浦的出现，就像是给警方的某种潜在的暗示，当时虽不清楚李小月的潜回跟刘招华有没有直接的关联，但，李小月会不会是刘招华的一种烟幕呢？也或许就是刘招华的某种试探？一种视线的引诱？警方将视线移到李小月身上，他就可以安全地躲藏在李小月以外的任何地方？但无论如何，警方给予刘招华潜回的重视其实又加深了一层……

对李小月，警方一直秘密监控却不让其有丝毫的察觉，也不惊动她。如果刘招华把李小月当做安全与否的晴雨表，警方的不介入和放任，便可给刘招华造成一个假象，即李小月潜回是安全的，那么他刘招华的潜回也存有安全的可能……

直到福安街尾 27 号出租房两个可疑男子的出现……

从一段时间外围的秘密布控和守候观察来看，房子里的人从来没有离开过租住房的二楼，每天夜里，屋里的灯亮到凌晨一点多钟，据此判断，屋子里的人可能夜夜都是凌晨一点多才睡觉……

什么样的人来到福安，躲藏这么深，不敢出来，不敢露面，小心诡秘？

什么样的人会如此的深藏不露？

起码是"大哥"级！

屋外的人隔着一盏灯，侦查员林峰曾站在暗夜中，想象着这个不曾谋过面的对手现在是什么样子了！

二层楼的阳台上，挂着一个长长的隔帘，灯关闭的时候，他们偶尔从窥视中看见一个宽大的身影穿帘而过……阳台的一角，是这层楼屋的卫生间。其实，每一个守候久了的侦查员都想那个身影能将帘布揭开，也好让他们一睹那人的庐山真面目……

然而，无论是白天守候还是夜里守候的侦查员，心里都存着一份莫名的紧张，以他们日复一日夜复一夜对楼屋里的可疑男子的感觉和判断，他们从最初只有50%的把握最后升至90%的把握的确认度，而他们还有一个感知，那就是再不动手，刘招华这条大鱼可能就会再次溜走了……

傅是杰曾想找来房东的女儿带个女侦查员假说是回房子找东西进到里边去实地看看；或是派侦查员以警方惯常使用的各种手法比如例行的消防检查、或是扮成想租房子的人敲门进去……但是，想来这些侦查手法都太冒险，作为刘招华这么狡猾的人，有一点点风声都可能把他惊跑了……所以，这一切也只停留在想象里而不敢真的去做……

林峰已经在暗夜里独守刘招华很久了，广东的同行曾给他打电话开玩笑地说，看来，刘招华肯定是要被你们抓到了，林峰也开玩笑地回说，抓不到刘招华，若他刘招华活着，我就不活着了……

算来，里边两个可疑男子已经租住了将近一个月了，他们都担心再不动手，战机便稍纵即逝……要求早点实施抓捕行动的建议和呼声由最前沿一遍又一遍传递给总队领导……

傅是杰总队长和李宏建副总队长多次秘密赴福安实地了解情况，并跟厅领导及时汇报案件进程，厅领导对实施抓捕是慎之又慎的。因为既不知房里的人到底是不是刘招华，也不知房里是不是有坑道，更不知对手随身是否带有枪支……

另外，傅是杰也是理解领导的另一层高瞻考虑的，比如，也不能排除街尾 27 号正是刘招华布给警方的一个饵，他制造了一场假象，找两个人装扮成他和他的马仔住进那房子，而他秘密地住进了另一处，倘若动手冲击了这房子，就可能打草惊蛇，刘招华要是再度逃离，警方再想将其纳进视线便又是难上加难了，最起码是不知要再费怎样的周折……所以厅领导主张一定要稳，一定要有绝对的把握才可以实施抓捕计划……

又经一段时间的秘密侦查，以及对各种信息的排查、分析、判断，福建省公安厅领导果断决策于 2005 年 3 月 5 日凌晨实施"啄木"行动……

傅总队长解释为什么要把抓捕刘招华的行动叫做"啄木"行动，主要是因为刘招华的所有化名都离不开"木"字，如李森青、李青森、刘森、刘林杨、刘林权、陈桂森等，刘招华或许迷信有"木"就能保平安，警方就是要啄其"木"，治其罪。另一层也是借啄木鸟的啄害虫之本领，誓将啄掉刘招华这个制"冰"的害人虫……此也可见福建警方抓捕刘招华的信心和决心。

福建省公安厅缉毒总队总队长傅是杰

25、不能把刘招华打死了！一定要抓活的！

3月5日零时30分，9辆载着武警官兵和公安民警的抓捕小分队从福州出发，3个小时后到达福安，与先遣小分队的林峰、阿光以及宁德市公安局技侦的几名年轻的侦查员汇合集结在一隐蔽处……

之所以选择凌晨动手，是因为福安当地人喜欢过夜生活，大排档散得都比较晚，有时一两点钟还有人在街上吃夜宵，行动早了，围观的人多了，再有人提前通风报信，那整个行动就得泡汤……

另一个重要的原因就是刘招华每天都是凌晨1点多钟才睡，那么，凌晨4点左右是一个人的睡眠进到最深沉最香甜的时候……在刘招华睡得最沉的时候动手，是为了力争在他还没有反应过来的时候就将其擒获，避免反抗造成的不必要的伤亡……

为确保抓捕行动一举成功，指挥部除按预定编组再次明确任务外，决定再派突击组的同志和当地公安机关的同志共3人实地摸清地形，以便采取最佳抓捕方案。

4点30分战前准备工作完毕，队伍向刘招华藏匿地街尾27号进发……

4点40分，狙击手率先到达指定位置。战前傅是杰有交代，不排除刘招华身上有武器的可能，既要防止毒贩开枪射击，又要防止自杀，迫不得已发生枪战，也只能击中毒贩的次要部位，不能把刘招华打死了！一定要抓活的！

这么"高级别"的大毒枭，要留活口！要让他接受法律的审判，否则，真是太便宜刘招华了！

就在行动令即将下达的微妙时刻里，邻近的巷子里跑出一个骑三轮的，侦查员盘查发现是当地一个杀猪的，杀猪的工具一应俱全地全带着，起大早去杀猪。确认的确是杀猪的老百姓，侦查员让他赶快离开……

更为紧张的是，不知附近谁家的狗突然狂吠起来……倘若狗吠得再早一点，或许就把睡梦中的刘招华给惊醒了……

好在几乎是在狗狂吠的同时，三个行动小组已各就各位，并成功地破门而入……

现场一片声音里，几乎是同一句问话：是不是刘招华？！

离被抓的刘招华的一张脸最近的是阿光，他一看没错，是刘招华！阿光笑了！

曾说过"不抓住刘招华，就不活着了"的林峰也笑了！自此以后，他可以踏实地活着，而且还没说大话！

傅是杰挤到跟前确认的确是刘招华后，心里的一块石头才算是彻底落了地！

我问刘招华，在警方行动的那一刻，在大门发出砰的那声响的时候，你醒没有醒？

刘招华笑着说，醒来了！

我问，当时，你醒来后的第一个反应是什么？也就是你心里在想的是什么？或者，你做了什么？

刘招华仍是笑答，我跟我身旁的小弟李华小声说，抓咱们来了！

我问，你就没有本能地想到反抗或是逃一下？你从来就没有想过为自己准备一把枪防身之用？

刘招华听完大笑，他说，谁带枪谁就是傻瓜！

阿光不乐意了，阿光说，刘招华，你怎么说话呢，别忘了我们警察还有军人都是带枪的，你不要乘机……

刘招华说，阿光我不是那个意思，我的意思是讲像我们这一类人，要是谁身上带枪谁一定就是傻瓜。要枪有什么用？一把枪能抵得过你们的无数把枪吗？带枪既不容易躲也不容易藏，反而容易暴露。

更何况，我心里很明白，抓我的人，就不是杀我的人！你们来抓我，是想要活着的我，而不是来取我命的，我有什么好反抗的！而且，真是已经被你们围了，也就没什么好逃的了，关键是，也逃不出去了，逃不出去就等着被抓呗！别的还有什么出路？

我采访李华的时候，为了证实刘招华对我和阿光说的是否是真话，便问李华，警察冲进去的时候，你跟刘招华都醒了吗？

李华说，我有醒，我不知刘招华醒了没有，可能也会有醒来吧！因为撞门有很大的响声……

我问李华，那么，刘招华有没有跟你说，"抓咱们来了！"

李华说，没有啊，他什么都没有说，我们就是那么一动不动地躺在床上的……

我信李华的话。

李华看上去脸色惨白，就像一个多日都没能睡上一个好觉的人。他也的确睡不着啊。他也在想他的一生，他说，他要是没有跟着刘招华，在老家或是福州打一份工，这么多年也会积累一些钱了，虽然不会有多少，但是，不会像现在这样不但一无所有还把一生都搭进去了……最痛的是，他失去了他的爱情……

李华说，这些天以来，我最不放心的就是我的女朋友，我不知她现在在哪儿，怎么样了？你会不会去桂林？你要是去桂林，能不能帮我找一下那个女孩？

他充满期望地望着我。我当时的确不知我是否去桂林采访，可是，我又不愿意让李华绝望，便说，我也有可能去……

他说，那如果你能见到我的女朋友，你一定帮我向他道个歉，就说我对不起她……如果她能原谅我，我，我……还有，她们村子里的人一定会说她的坏话，如果她要是没地方去，你就跟她说，可以到我的老家找我的姐姐，我的姐姐会对她好的……

李华说话的时候笨笨的，结结巴巴的。可是，我听得出来李华是真诚的。他的嘴巴因为喝水少而裂了许多的口子，且肿胀着……

我临走的时候，无限感慨地对李华说，李华你真的是比刘招华还显得有情有义啊！你原本真的可以不这样走过你的一生……

李华的泪大滴大滴地掉下来，什么都说不下去了……

尾声 刘招华的人生命运恰是他自己的一场改写

夜色迷离。我身在的地方，就是离街尾27号最近的那个丁字口。斜对着街口的，是一个"卦命馆"。从三条路的哪一个方向，都一眼就能看见"卦命馆"三个字！

我没问刘招华深夜潜回的那一天，是否在街的一隅看见过"卦命馆"这三个字……

街是不正的那种街，"卦命馆"的朝向也是不正的那种朝向……

然而，它们却都正对着刘招华人生的最后一段歧途啊……

我心想，不知这是否就是刘招华人生的最后一场宿命？

许多的人走过我；许多的车辆走过我。街市里的灯光、车辆、人流，它们光怪陆离地交织在雨夜里，它们呈现给我的时候，就已经是一种逝去了……

我走进那条只能容一个错身那么窄的巷子。巷子深黑，我看不见我的前方。我只有摸黑行走，寻找这一排的倒数第二个院子，街尾27号。

雨水从高高的房檐上跌落下来，正好砸在人的头顶上，一颗雨的冰凉是冷不防的，然后是一颗雨又一颗雨的冰凉，你开始有了防范，后来，你以为那防范是防不胜防，所以不防了，随它去吧，再后来，你便对砸在无论头上还是身上的雨水都全然麻木了……

一个人的歧路人生的起始是不是也像一滴雨的冰凉对人

体的浸透？

我带着如此冰凉的思想走到了街尾 27 号。

回头再看，一条巷子还是全黑的。

我对着的刘招华最后的藏身地也是全黑的。

我站在那里，感受刘招华人生境地里这最后的黑：一个人，何以走进了这样的深黑呢？

我仍然想不明白。

抬头向上望，门的上方的墙头上曾有几个花盆，听侦查员们跟我说，行动的那一夜，身手不凡的武警战士攀爬上去的时候差点就把花盆踹翻落地，紧急里伸手抱住，然后扔给在底下的阿光，阿光没练过杂耍，但那一夜，那大大小小的几个花盆都悬悬地被阿光接到手里抱在怀里……

真是难为了阿光。

那一夜，我猜不透花盆真的落地会怎样？

身后，福安的警察摇着钥匙将大门打开来……

我径直奔二楼。

刘招华和李华住进来后，只有替他们租房子的郭荣堂进来过。郭荣堂不知房子是租给谁住的，是“一个人”让他出面去租间房子，他便通过房介公司以每月 600 元的价格租下来，然后，他将钥匙交与“一个人”的时候，“一个人”让他留一把钥匙到时为住在里边的人买买菜……

他觉得有一段日子了，怎么也没有人让他买菜，他就自己开了门进来了。

郭荣堂走到二楼的楼梯口一抬头，看见李华正站在门口，李华好像知道他是谁，来干什么，李华连问都不问就递给了他一张单子，让他去超市依单子上的名目将东西买回来……

郭荣堂所说的"一个人"，就是刘招华一直信誓不告诉警方的人！正是那个人，将刘招华从桂林的山洞里接出来，先是接至广东普宁躲藏，而后又从普宁接回福安……

其实，刘招华说与不说，都不影响警方的必然知道！

用钥匙再打开二楼房屋这道门，就是刘招华的躲藏之处了！

屋子中间有一道帘子，将屋子隔成里外间。外间的靠西墙根的地上，放着各种吃食：有成袋的还没拆包的大米、康师傅新一代方便面、挂面、银耳、紫菜、香菇、鸡精、罐头、无锡酱排骨……在一堆的吃食里，还有一个佳星牌子的电磁炉，刘招华和李华就是一直用电磁炉烧饭吃……

帘子里间，一张席梦思床垫陈在屋子里端离窗不远的地上。床上的被褥混乱地摊着，刘招华那天就是在这张床上被按住的，床上的一切，仍是被抓时的混乱的原样，没人顾得上动它们……

只是，在行动的当夜，警方搜查到刘招华曾放在床边的一堆书籍。我将它们一一抄录下来。因为，它们便是刘招华逃亡生涯里的最后的精神慰藉了——

1、《精细化学品及中间体手册》（上、下卷）

2、《财神传》

3、《儿子和情人》

4、《梦你信不信》

5、《情海惊奇》

席梦思垫子的东边，靠墙处，那个写字台看上去是这个屋子的旧有。我拉开抽屉，发现里边是各种各样的维生素：维生素 C、B_2、B_6、B_{13}······乐力牌氨基酸螯合钙；云南白药；牛黄解毒、头孢氨苄、红军散防中暑；毛囊滋养液；清螨排毒一洗白；大宝 SOD······

一个把命早早就放进死里的人，竟能在如此狼狈不堪的逃亡生涯里，做到如此细致的自我保养！的确超乎寻常啊！

屋外的阳台上，仍挂着一块厚厚的幕帘，那块幕帘是刘招华用来作为自己与这个世界惟一的最后的遮挡······现在，这块幕帘已没有任何意义了！

我掀开那块幕帘，看见了巷子深黑以远的街市里正灯火通明，许许多多的人生游走在灯火通明里，也有许许多多的人生曾经或是正在潜伏于无边的暗黑中······

盯住那一片暗黑，我想起了刘招华的老搭档陈炳锡、张启生、谭晓林······读者一定想听听刘招华是怎么样评价他们的，现录如下：

陈炳锡，51 岁，1 米 73 的个头，普宁人，偏瘦，外号老四，道上的人叫他四哥，早期是靠走私香烟炒外汇发家的，他早期也吸毒，我曾要求他强制性戒毒，他本人基本上控制着南亚冰毒和海洛因的市场，在东南亚，有毒品销售网络。他为人豪爽，大方，交际很广，但没文化……

张启生，曾用名张仲亨、张七生，53岁，1米68，香港人，他跟陈炳锡一起有着庞大的销售市场，他在美国还有销售市场，我本人跟他谈不来，因此我跟他交往少一些……

谭晓林，40多岁，外号"小明"，中等身材，1米73的个头，四川人，他跟陈炳锡认识是通过罗建光介绍的，他主要是负责提供海洛因的，我本人跟他没什么深交，大概见过5次面，其中3次在普宁，2次在广州，都是1998年、1999年间的事……

罗建光，外号"阿光"，1米67，瘦，普宁人，他是我的司机。交际很广，高中毕业，在广东毒贩圈子中算是比较有文化的……

其实我最想知道的是刘招华怎么样评价他自己……

刘招华笑说自己是一个很开朗很大度很坦诚很守信的人……我摇头表示不能认可。

他说，有时候，我自己认为自己可能是不是精神上有毛病？为什么要对化学反应和制"冰"这件事表现得如此痴迷？可是，我自己又确知我是再正常不过的一个人……

我问刘招华的最后一个问题也是我原来第一个想问的问题：有没有想过怎么会那么巧，刚好是在3月5日生日的时候被抓？

刘招华说，3月5日其实不是我的生日，我也不是这一年生人，当年为了当兵，我把年龄改大了两岁……不过嘛，按虚岁，我仍是40啊……

我知道刘招华强调"40岁"是什么意思：他在为他的全部人生找到宿命的借口！

人生本来应该是什么样的？

人生来是为了什么来？

人的死后呢？

我不得而知刘招华是否想过这些，但，我确信无疑的是，刘招华现在的人生命运恰是他自己的一场改写……

制"冰"工厂现貌

相关链接

链接一

"7·28"案相关主犯及其涉案犯罪嫌疑人基本情况

谭晓林，曾用名谭明林，1962年12月23日出生，汉族，初中文化，四川省乐至县回澜镇人。1979年在四川省乐至县回澜供销社工作，1983年外出与原单位供销社失去联系，1989年被除名。其交代，1984—1993年，曾在浙江、江苏、重庆、云南等地打工，1993年出境居住缅甸勐古、木姐。2000年8月1日因走私毒品罪经云南省人民检察院批准逮捕，2001年4月20日被缅甸警方抓获，4月21日移交中国警方，4月24日押解至昆明，并向其宣布逮捕决定，谭晓林于2004年6月被判死刑且已被执行。

陈炳锡，广东普宁流沙镇赤水村人。1999年11月，"7·28"案发后，陈炳锡和其老婆先是从广西窜逃到越南，随后又溜往泰国。泰国警方在泰国一家潮汕菜馆里，把正在吃家乡菜的陈炳锡抓获，并于2003年11月4日，移交给广东省公安机关。现押于广东省看守所。

张启生，曾用名张仲亨，男，1959年1月1日出生，汉族，出生地广东普宁，文化程度初中，住广东深圳市，于2002年6月27日被羁押并被逮捕。现被押于广东省看守所。

罗建光，曾用名罗海生，绰号"阿光"，男，1972年8月2日出生，汉族，出生地广东普宁，文化程度高中，于1999年11月4日被羁押并被刑事拘留，2000年1月15日被逮捕，现被押于广东省看守所。

庄顺盛，又名庄义兴，男，1962年12月11日出生，汉族，出生地广东省普宁市，香港特别行政区居民，文化程度高中，曾住广东普宁，现住香港。于1999年11月4日被羁押并被刑事拘留，2000年1月15日被逮捕，现被押于广东省看守所。

郭锐荣，男，1972年4月20日生，户籍地福建省福安市赛岐镇前进路48号，身份证352202197204200530。在广东普宁化名"刘权光"，使用广东普宁身份证，在桂林市化名"李华"。其父母均已去世。

江荣华，男，1966年12月16日生，户籍地福建省福安市赛岐镇虹桥街，身份证352202196612160519。1991年5月25日，该人因涉嫌伤害致死罪被福安市公安局上网通缉，系"7·28"制毒案的制毒技师之一，当时化名"王旭光"，在桂林市化名"郭荣塘"。

阮锦平，刘招华的外甥女婿，绰号"龙仔"，男，1972年1月19日生，籍贯福建省福安市赛岐镇，1999年案发后，受刘招华指使，前往上海接应吴云青，并转移制毒设备和毒资。

丁智文，男，绰号"豆芽"、"老表"或"阿森"，1971年1月9日生，户籍地福建省宁德福安市穆云乡黄如村41-1号，身份证352226197101095175，系"7·28"制毒案的涉案人之一，当时使用广东身份证，化名"刘权文"，在桂林市化名"周杰"。其母与刘招华母亲系姐妹。

链接二
毒品概述
冰毒——"毒品之王"

又称去氧麻黄碱，化学名称为甲基苯丙胺，也叫安非他命。因其外观与冰极相似，故称之为"冰毒"。由于冰毒的刺激性强，持久力强，使用一次便会上瘾，因此被称为"毒品之王"。

冰毒的毒性甚于海洛因。海洛因极易形成强烈的生存欲望，而冰毒则使吸毒者不希望生存，只渴望死去。吸食冰毒死亡率较高，特别对婴儿毒害最严重。

冰毒的效应比"快克"可卡因产生的短暂的"飘飘欲仙"感更强烈，更为持久。

任何可以产生欣快，减少焦虑的药物都可导致依赖，大麻也不例外。

兴奋剂甲基苯丙胺，因其原料外观为纯白结晶体，晶莹剔透，故被吸毒、贩毒者称为"冰"。由于它的毒性剧烈，人们便称之为"冰毒"。该药小剂量时有短暂的兴奋抗疲劳作用，故其丸剂又有"大力丸"之称。应用苯丙胺或甲基苯丙胺产生的心理效应类似于可卡因的效果。苯丙胺突然戒断可使潜在的抑郁表现出来或导致严重的抑郁反应，许多人在戒断后会出现2天或3天的强烈疲乏感或嗜睡及精神抑郁。苯丙胺会致耐药性，但这种耐药性产生得比较缓慢；但是剂量会逐渐增加，以至后来可以耐受口服或注射好几百倍于治疗量的药物。苯丙胺滥用者易发生意外，因为药物会产生兴奋与夸大，随后出现过度疲乏及失眠。静注苯丙胺可能导致严重的反社会行为，并能促使精神分裂症发作。

持续大剂量应用甲基苯丙胺产生的不良反应有：焦虑，此时患者害怕、颤抖，关注自己的躯体健康；苯丙胺性精神病，患者会错误地理解他人的行为，出现幻觉并不切实际地多疑；耗竭综合征，在兴奋期后极度疲乏，需要睡眠；长期情绪抑郁，可能发生自杀。

苯丙胺类兴奋剂

苯丙胺类兴奋剂（Amphetamine-type-stimuLants 简称ATS）属一类人工合成的兴奋剂。它们主要是对中枢神经和交感神经有很强的兴奋或致幻作用。由于它们合成较为简单，而且其身体的依赖性相对其它毒品而言（如海洛因、可卡因）较小，因此，几十年来在全球造成的滥用现象极为严重。苯丙胺类兴奋剂一般分为两大类型，即：以单纯引起中枢兴奋作用的，称为传统型，以苯丙胺和甲基苯丙胺为代表。具有兴奋兼致幻作用的称为致幻型，又称欢乐型，以 MDMA（亚甲二氧基甲基苯丙胺）和MDA（亚甲二氧基苯丙胺）。在我国1996年发布的被规定管制的 237 种麻醉药品和精神药品中，有近20种属苯丙胺类兴奋剂。1996年联合国禁毒署在上海召开的国际兴奋剂专家会议上，专家们一致认为苯丙胺类兴奋剂已逐步取代20世纪流行的鸦片、海洛因、大麻、可卡因等常用毒品，将成为 21 世纪全世界范围内滥用最为广泛的毒品。

毒性作用

1. 传统型苯丙胺类兴奋剂——苯丙胺和甲基苯丙胺

苯丙胺类兴奋剂属于拟交感神经类中枢兴奋剂，其作用机理主要是促进脑内儿茶酚胺递质释放等，从而产生了一系列的神经系统兴奋和欣快感，然而过量或长期使用此类药物对人体的毒性作用也是很强的，而且是多方面的。

苯丙胺类兴奋剂滥用严重损害心肌血管系统，表现为胸痛（但心电图无明显改变）、心肌梗塞、心肌病、高血压、心律失常（心房和心室的失常），以至于猝死等。

苯丙胺能导致脑实质出血，硬膜下出血和珠网膜下腔出血等症的颅内出血。

苯丙胺类兴奋剂均属于低分子量化合物，可以直接通过胎盘进入胎儿体内产生直接的毒性作用，尤其是妊娠前三个月危害更为严重,因此染毒的孕妇可导致胎儿骨骼系统致畸，表现为短肢、少肋、新生儿心脏先天性发育畸形等。

由于苯丙胺类兴奋剂兴奋机制，产生肺脏血管痉挛导致动脉血管内膜损伤，纤维蛋白物质沉积以及血管基质增生而引起肺源性肺动脉病变——肺动脉高压病。

苯丙胺、利他林和匹莫林，可引起肝细胞性坏死，肝功能衰竭等症。苯丙胺类兴奋剂可导致横纹肌溶解，出现高胆红素血症和肾衰竭而出现高尿血症、低钙血症等。

2. 致幻性苯丙胺类兴奋剂——MDMA 和 MDA

与苯丙胺一样，MDMA 和 MDA 均具有苯环结构，因此具有中枢神经系统的兴奋性刺激作用。药理学研究证明 MDMA 对中枢神经系统的作用与苯丙胺大致相似，能促使大脑神经细胞释放去甲肾上腺素和多巴胺，并抑制儿茶酚胺的再摄取。此外，MDMA 对中枢神经的 5- 羟色胺递质系统具有明显的作用。

致幻性苯丙胺类兴奋剂的迷幻作用以 MDA 最强，其次为 MDMA。除迷幻作用之外，致幻性苯丙胺类兴奋剂还使服用者产生较强的"共鸣"作用。

MDMA 的身体效应从增加交感神经兴奋性症状到恶性高热，播散性血管内凝血，横纹肌溶解，肾衰竭及致命的肝脏毒性。导致心动过速，心肌收缩力增强，心血输出量增加，血压上升等。

致幻性兴奋剂不但对心脏传导系统如窦房结和房室结产生恶性影响作用，而且也可以通过兴奋5-羟色胺受体导致全身小血管痉挛，导致多器官的缺血性疾病发生。这种小血管毒性以致幻性苯丙胺类兴奋剂"DOB"尤为明显。这在其它毒品中并不多见，也有学者认为是致幻性苯丙胺类兴奋剂特有的血管毒性。

中毒症状

（一）苯丙胺和甲基苯丙胺的中毒症状

一般认为，静脉注射10mg的甲基苯丙胺即可导致急性中毒症状，通常临床治疗量口服为2.5～5mg，肌肉注射3～6mg，但由于存在个体差异性，有的静脉注射2mg的甲基苯丙胺就出现急性中毒。通常吸毒者每次静脉注射的吸毒剂量为30～50mg。产生耐药性的吸毒者每天使用的剂量甚至超过1克。因此，在临床上很难确定急性中毒的剂量。

中枢神经系统的中毒症状：静脉注射后数分钟受试者心情开始难以平静，多语不安，焦虑过敏，决断能力干脆快速，情绪高涨，思维活跃，不断有新的点子涌现，但难以深入思考。此外，出现易刺激性和攻击性倾向，重复毫无意义的相同动作，绝不厌烦。一位甲基苯丙胺性精神病人自诉："不停地揪发、挖耳屎、摆扑克牌。即使知道毫无意义也持续数小时从事相同的行为。"引起的身体中毒症状主要为头疼、眩晕、脉速、心悸、口渴、振颤、颜面苍白、瞳孔散大、血压上升，有时出现心律不齐。

中毒症状常在数小时内消失，持续一天以上者少见。但是随着药物效果的消失又出现"反跳现象"，并使吸毒者在数日到一周内持续出现乏力和不快感。

典型病例表现：

一位21岁男性大学生在吸毒友的极力劝诱下，出于好奇心初次静脉注射甲基苯丙胺，使用剂量不详。从吸毒友处得到毒品时吸毒友介绍"这个粉末的纯度很高"。回家之后，该大学生用自来水溶解毒品，然后静脉注射。数分钟后头脑一片空白，自觉目光如同能穿透物品似的，变得异常的敏锐。同时心跳加快、心悸、出汗、恶寒战栗、头痛、恶心、全身难受。不久被家人发现神志异常，立即送入医院。入院检查见颜面苍白、瞳孔散大、全身出汗、手指振颤十分明显。中毒者神志紧张，畏惧表情，有时面部呈现奇怪的痉挛样收缩和不自主的面部运动。检查时烦躁不安，大叫："心脏发胀快要破裂了，我不想死！"接着，从检查室疯狂地冲到外面，医务人员前去阻拦时立即遭到反抗和攻击。

甲基苯丙胺的另一类的急性中毒症状是中毒性精神病反应，即意识障碍。发病时患者陷入谵妄、神志错乱、意识辨别能力低下、幻视等症状。除此之外还会出现狂躁症状、忧郁症状以及两者混合症状，各种症状的持续时间因人而异，最短约1分钟，最长约30天，毒品影响的消失时间需6小时至1年以上。

总之，苯丙胺类兴奋剂急性中毒症状与可卡因中毒相似，表现兴奋，精神、体力均显活跃，动作快而不准，焦虑、紧张、震颤、意识紊乱、眩晕。严重中毒者谵妄、恐慌、躁狂、幻觉、自伤及类偏执型精神分裂症。可有外周拟交感神经反应：心动过速、呼吸增强、血压升高、头痛、高热、颜面潮红、大汗淋漓，最后心律不齐，发生循环衰竭死亡。

（二）致幻性苯丙胺类兴奋剂中毒症状

临床药理学研究表明，MDMA的有效口服剂量为50～150mg。服用MDMA后，在25～30分钟内服用者产生幻觉，出现世界平和的感觉，对陌生人采取较友善的态度，警惕能力降低，易与陌生人发生性行为。5小时左右后药理作用开始消失。服用MDMA的人承认服用后有性开放的倾向。大剂量服用MDMA常有听觉和视觉的改变。许多吸毒者认为MDMA可产生正性效应。正性作用包括减少小事件的发生，改变知觉和心境，增强交谈能力、理解他人情感和理解力。认识和精神上的改变包括欣快、感知改变和幻觉。

MDMA使用者临床中毒表现，主要分为三个阶段：

1）**精神混乱期**。吸用者服用后，出现精神上的兴奋、抑郁、失眠、焦虑和精神混乱。约有1/4的吸毒者有恐慌和妄想症。MDMA能力使精力分散、动作不协调，因此，吸毒者难以集中注意力。

2）**肌肉兴奋期**。吸用者出现狂乱症状，肌肉痉挛、抽搐或挛缩运动。有的吸毒者出现不能控制的咬牙、恶心、口干、手部颤抖、视觉模糊、高热、出汗乃至虚脱。

3）**欣快期**。吸用者产生精神快乐、性格开放、警惕性放松。多数吸毒者承认脱离现实的妄想和幻觉没有LSD或麦司卡林强烈，但洋洋得意、自鸣得意的感觉比幻觉剂强。

（三）慢性中毒症状

除生理上表现的症状外，更主要的是中毒性精神障碍，表现为知觉与思考的障碍，感情、意志和行为障碍三个方面。症状表现为：幻觉（幻听、幻视、幻嗅、身体幻觉）、妄想（被害妄想、关系妄想、注视妄想、嫉妒妄想）、恐怖、易刺激、茫然缺乏兴趣和关心、焦躁不安、独语、易暴行、疏通性障碍、精神运动兴奋等。在发生幻觉和妄想症状之前，患者多出现不安、不稳、兴奋、失眠、食欲减退、性欲亢进、猜疑、强迫性，常同思考和行为等异常表现，其次出现不活泼、寡动、自闭等症。

许多案例证实，出现的精神障碍症状，包括幻觉、妄想、躁忧、敏感、情绪不稳等表现，停药多年后患者仍会出现这些症状，出现症状再燃现象。

生理上的慢性症状多表现为全身倦乏、心悸、眩晕、食欲减退、恶心、呕吐、腹泻、口干、金属味、心动过速、盗汗、血压升高或降低、心律不齐、震颤、失眠等症状，严重者会出现晕厥、虚脱、神志不清、体重减轻、皮肤疼痛等。

摘自《毒品检验》

链接三
不同时期对刘招华发布的通缉令

通 缉 令

犯罪嫌疑人刘招华，男，1965 年 3 月 5 日出生，福建省福安市韩阳镇上官埔人，家住福安市赛岐镇前进街前进路 85

号，身份证号码：352226650305009。现已查明，刘招华设厂制造冰毒（即甲基安非他明），并从事贩毒活动。此人已于今年2月6日由福州市人民检察院批准逮捕。请各地公安机关在工作中注意发现，一经发现立即拘留，并速告福州市公安局刑警支队第六大队

联系电话：（0591）7026132、7026138

联系人：王忠信、薛建和、林水兴

犯罪嫌疑人照片

福州市公安局刑事警察支队

1997.2.26

通　缉　令

各省、市、自治区公安厅（局）

1999年11月4日，宁夏公安厅破获了一起特大制造毒品案件，此案主要犯罪嫌疑人刘招华外逃。

犯罪嫌疑人刘招华（曾用名刘林彬、刘林杨、刘本清、刘权彬、刘贵彬、刘森、刘林权等）男，1965年3月5日出生，福建省福安市韩阳镇上官埔人，住福安市赛岐镇前进街前进

路85号。曾住广东普宁流沙镇南前蔡宿舍10209号，逃跑前住宁夏银饰城区利新巷10—4—101号，身高1米76，体态较胖，肤色较白，圆脸，双眼皮，留小平头，嘴较小，唇稍厚，右前额至眉骨处有一条疤痕，广东或福建口音，经查，刘招华曾使用过多种姓名，并持有 445281680616005、352226650305009、640103670130187等多个身份证、驾驶证：44520193421。现已查证，刘招华曾参与制贩毒品犯罪活动，系经福建省福州市人民检察院批准逮捕而畏罪潜逃的重大犯罪嫌疑人。请各地公安机关接此通缉令后，立即部署查缉工作，发现案犯刘招华予以拘留，并速告宁夏回族自治区公安厅缉毒处。

联系电话：（095）5034626

502293—3375

联系人：袁征 钱铃

公安部悬赏38万元公开通缉五大毒贩

举报电话：（010）65204111

为充分调动广大人民群众参与扫毒行动的积极性，进一步加大追逃力度，尽快将一些重大涉毒犯罪嫌疑人缉拿归案，公安部日前已向全国发布通缉令，悬赏38万元人民币公开通缉贩毒数量巨大、危害特别严重的在逃毒品犯罪嫌疑人刘招华、罗有文、马顺苏、邱何水、刘少通等5大毒贩。这是公安部首次通缉在逃的重大毒品犯罪分子。公安部举报电话：(010)65204111。

刘招华

男，1965年3月5日出生，福建省宁德福安人。

身高1.70米，体形较胖，右眉上方有一伤疤。持有刘林彬、刘森、刘林权、刘林杨、陈桂森等多个化名身份证。

1995年，犯罪嫌疑人刘招华打着生产"洋葱晶"（食品）的幌子试制冰毒。1996年7月，刘招华将试制出来的15千克冰毒交给他人贩卖，毒品被福州市公安机关查获。1997年1月，福州市公安机关抓获刘招华的两名合伙人，并在福安市赛岐镇捣毁了刘招华开设的冰毒加工厂。1999年11月，公安部指挥破获"7·28"特大贩毒案，在广东省广州市查获冰毒12.36吨。经查，该案所查获的冰毒系刘招华伙同他人在宁夏银川设厂制造的。公安部于1999年11月在全国通缉刘招华，目前，刘招华仍然在逃。

2004年11月24日

福建省公安厅

关于悬赏缉拿在逃重大毒贩刘招华等人的通告

为尽快将公安部公开悬赏通缉的刘招华等在逃重大毒品犯罪嫌疑人缉拿归案，福建省公安厅决定对社会公布案情，发动社会各界和广大人民群众积极举报线索，配合公安机关开展缉捕工作。

案情如下：1996年7月，福州市公安机关破获一起特大贩卖冰毒案，经侦查发现刘招华伙同他人在我省福安市设厂制造冰毒的重要线索。1997年1月，福州市公安机关捣毁了刘招华设在福安市赛岐镇的冰毒加工厂，刘招华闻风而逃。

同年3月，福建省公安厅发出通缉令缉捕刘招华。1999年11月，公安部指挥破获"7·28"特大制贩毒品案，在广东省广州市、普宁市共查获冰毒12.36吨，经查，这批冰毒系刘招华伙同他人在宁夏银川制造的，刘招华案发后潜逃。公安部于1999年12月对刘招华发出通缉令（公缉[1999]1411号）。2004年11月24日，公安部悬赏通缉刘招华等5名在逃重大毒品犯罪嫌疑人。

刘招华，男，1965年3月5日出生，福建省福安市人，身高1.70米，体形较胖，右眉上方有一伤疤。持有刘林彬、刘森、刘林权、刘林杨、陈桂森等多个化名身份证。现改名为李森青，持广西壮族自治区桂林市全州县身份证（452323196808162576）。

……

特此通告

福建省公安厅

2004年12月6日

注：文中吴兰、陈婷、李小月、刘春华等均为化名。

摄影：胡玥，部分图片由公安部禁毒局、福建省公安厅禁毒总队以及《人民公安报》唐晓勇提供。

（京）新登字 083 号

图书在版编目（CIP）数据

女记者与大毒枭刘招华面对面/胡玥 李宪辉著．—北京：中国
青年出版社，2005

ISBN 7－5006－6342－0

Ⅰ．女…　Ⅱ．胡…　Ⅲ．纪实文学－中国－当代
Ⅳ．I25

中国版本图书馆 CIP 数据核字（2005）第 067650 号

*

中国青年出版社 出版 发行

社址：北京东四 12 条 21 号　邮政编码：100708

网址：www.cyp.com.cn

编辑部电话：(010) 64033813　营销中心电话：(010) 64065904

聚鑫印刷有限责任公司印刷　新华书店经销

*

880×1230　1/32　5 印张　1 插页　100 千字

2005 年 8 月北京第 1 版　2005 年 8 月北京第 1 次印刷

印数：1－6000 册　定价：16.00 元

本图书如有任何印装质量问题，请与印务中心质检部联系调换

联系电话：(010)84047104